目录

01　我还活着，救命！

“妈的，怎么回事?”

李正洙从方向盘上慢慢抬起了头。眼前一片漆黑。他定了定神，试图回想一下中断了的记忆，可记忆中只有驶入隧道一半时随着一声巨响周围突然变暗的片断。他本能地摸起了手机。平时开车时手机总是习惯性地放在副驾驶座上的，可现在摸不到手机了。他打开车内灯查看了一眼，手机掉在了副驾驶座的下面。他立刻捡起手机查看了一下，手机安然无恙，信号也很好，他不禁松了一口气。他先按112，又立刻重新按了119（在韩国，112是报警电话，119是消防救助电话——译者注）。可是他又改变了想法，拨打了保险公司的电话。电话里传来了亲切的提示音。李正洙按照提示音按了1号紧急出动键。尽管现在是凌晨时分，可还是传来了值班员亲切的声音。

“这里发生事故了。”

李正洙用镇定的声音说道。值班员问他还有没有别的车辆受损，李正洙察看周围后回答说：

“没有，就我自己的车。这里是隧道，隧道塌陷了。”

一块巨大的岩石砸落在挡风玻璃前面，挡风玻璃上出现了密密麻麻的蛛网碎痕。怪物般的岩石眼看就要砸破玻璃掉到他的头上，场面阴森可怖。他推了一下车门，可沉重的岩石死死地顶住车门无法打开。电话里传来了保险公司值班员的问候，可李正洙没有心情听那些没用的问候语。

“先生，我们将通过您的手机信号确定您目前所在的位置。隧道塌方事故不归我们保险公司管，但我会负责通知警察和消防的。等您被救出来了我们再办理您的车辆保险问题。”

“好的，谢谢。请您尽快采取措施。现在这里的情况非常紧急。”

“我们会抓紧时间的。您目前的身体状况怎么样?”

听对方这么一说，李正洙才摸了一下自己的头，额头上鼓了一个包，大概是碰在方向盘上了。他摸着额头上的包说道：

“除了额头上鼓了个包以外，其他地方好像没什么问题。”

“真是万幸呀。您别着急，我会通知离您最近的分公司职员跟您取得联系。请放心，我们会尽快采取措施的。”

李正洙安心地点了点头。与保险公司通话完毕，他又给家里打了个电话。李正洙还没来得及开口，妻子就着急地问他为什么这么晚还没回来。

“我这里出了点事故。秀珍呢?”

“事故？什么事故？你没伤着吧?”

妻子的声音一下子紧张起来。李正洙安慰受惊的妻子说道：

“没什么，隧道塌方了。我已经报警了，警察和119会过来救援的。我也没伤着什么地方。”

砸挡风玻璃上的巨大岩石实在可怕，李正洙边挪动到后座边说道：

“秀珍呢？”

“她已经睡着了。快说，到底怎么回事？”

妻子的声音里充满不安和恐惧。李正洙试图查看一下外部情况，可车窗外一片漆黑，能看到的只是黑乎乎的岩石块儿。两侧车灯已经丧失功能，车窗玻璃上也出现了蜘蛛网般的碎纹。好在后排并没有受损，这成了李正洙的避难空间。

“怎么回事？还不是豆腐渣工程？要不然怎么会出现隧道塌陷的事故呢？不过你尽管放心，我这里没什么大碍。救援队一到我马上就能出去。”

说着，李正洙将掉在车座下的生日蛋糕和布娃娃捡起来放在了座椅上。漂亮的生日蛋糕已经被摔得不成样子。李正洙看着一阵心酸。惊魂未定的妻子还要跟李正洙说什么，这时电话里显示了另一个来电的号码。

“好像是保险公司的电话，一会我再给你回电话。”

果然是保险公司。和先前联系过的值班员一样，这个职员也先问他身体状况，然后表示尽快通知有关部门让他们抓紧时间救援。

李正洙再次给妻子拨了过去。按下通话键的同时妻子的声音传过来了。

“他们怎么说?”

“说马上要出动。今天是秀珍的生日，怎么会碰上这样的事情?真是的。”

李正洙躺在后排座椅上，将破碎的蛋糕和布娃娃放在了自己的肚子上。

“秀珍等急了吧?”

“一周只能见一次，她能不着急吗?何况今天还是自己的生日。”

妻子的声音镇静多了。李正洙和妻子的对话很自然地转到了秀珍身上。

“秀珍没哭吗?”

“刚刚哄她睡着了。她记着你要给她带来生日礼物，一直在等你回来。”

妻子的话里带有一丝嗔怪的口气。李正洙的脸上露出了笑意，妻子的嘴角上也挂了一丝笑意。这是一周一次的家庭团聚日，因此周末对他们来说具有特别重要的意义。自从秀珍出生后，一周一次的团聚已经持续了四年。随着秀珍的出生，家庭财务压力陡然增加，为了获得更高的薪酬，他选择了薪酬较高、上班路程远很多的职场。因此周末团聚对他们夫妻来说确实有点小别胜新婚的浪漫。秀珍的到来，使得夫妻之间的爱情不得不让位于这个小公主，通话内容也自然以小公主为主。

“咱们好久没有这样通过话了。”

“可不是嘛。”

妻子也表示同感。眼下他们对隧道塌方事故并没有很重视，因为他们坚信只要救援队和保险公司出面，他们一家三口很快就能团聚。尽管被关在黑暗、陌生、封闭的环境里，可想到救援队一来自己马上就能走出这个黑暗，李正洙也没有恐怖的感觉。李正洙仔细看了一下，塌下来的岩石也都纵横交错地重叠在一起，不会有次生灾害发生。于是他心里更有底了。他支起上身将车钥匙拧了半圈。妻子看到丈夫每周一恋恋不舍地离开女儿和自己去上班，每周都给他买一张 CD。听妻子买的 CD 是李正洙唯一的乐趣，每周一都听着音乐回到单位开始一周的工作。音乐声在幽静的隧道里悠扬地响起来了。妻子也在电话里静静地听着音乐。此时他们就像两个悠闲的人在安稳的环境里享受着音乐。一曲快结束的时候李正洙开了口。

“我回家的时候买一瓶红酒？”

“也不知道什么时候被解救出来。”

“好像是局部塌方，只要挖掘机一到很快就会清理的。怎么样？晚上咱们喝杯红酒吧？”

“刚才吓死我了。”

“你看看，别看价位高了一点，还是得买好车吧？”

“算你有远见。”

夫妻俩的对话情意缠绵。又一曲响起，夫妻俩重新欣赏起音乐来了。共同欣赏音乐对别的夫妻来说也许是司空见惯的事情，可对他们来说却是那么宝贵。两个人虽然默默无语，可心里都在回顾过去幸福的时光。

“又有电话打过来了。”

手机再次振动，屏幕上显示的是一串陌生的电话号码。

“又是保险公司的电话。你等等，我先接电话。”

李正洙心里骂着打电话的人，很不情愿地按下了接听键。一个电话打断了夫妻俩难得的幸福时光。妻子哄着像小孩一样对发牢骚的丈夫说道：

“快回来吧，我给你准备好下酒菜。”

“哈哈，好的。回头我再给你打电话。”

尽管很不情愿打破这份美好，李正洙还是接通了电话。听着听筒里传来的声音，李正洙的表情渐渐地凝固了。握住电话的手不知不觉打起了哆嗦，嘴唇也在剧烈地抖动着，他不禁舔了一下发干的嘴唇。脸色也越来越苍白了。他惊恐的眼神在一个劲儿地否定眼前的事实。

“你在胡说什么！”

李正洙猛然坐起来大声吼叫道。

听到李正洙的吼叫声，对方轻声说道：

“请等一等，我换一个人跟您讲。”

不一会儿一个自称是消防队员的人接了电话。李正洙闭上了眼睛。他真想捂住耳朵拒绝听对方说话，可消防队员的声音还是无情地传到了他的耳朵里。

“李正洙先生，眼下我们还不能采取任何措施。因为只要动一下洞口就有可能导致全面塌方，不过我们会尽力的。我的意思是说请你再坚持一会儿。”

手机从李正洙的手中滑落了下来。他失神地望着前方自言自语道：

“我还活着，我还没有死。别跟我说那些泄气的话。”

手机里仍然传来消防队员呼叫李正洙的声音。他似乎没有听见，只是呆呆地望着黑暗的前方。

“我还要给我妻子买红酒。妻子和女儿在等我回家呢。”

凌晨，金美真哼着小调在厨房里忙乎开了。丈夫说今天回家时要买瓶红酒，于是她从冰箱里拿出蔬菜做沙拉。真是久违的时光，好像秀珍出生以来夫妻俩一次也没有单独喝过酒。周末从来都是秀珍、李正洙、金美真一家三口共享的时间，谁也不能落下。在家族这个共同体内不允许搞任何单独行动，可今天他们破例瞒着秀珍要度过两个人的甜蜜时光。她的动作十分轻盈，从橱柜里拿出珍藏已久的高脚杯。对啦，这样的场合还不能少了蜡烛！她回到里屋翻箱倒柜地寻找蜡烛。明明是自己收纳起来的，可突然一时想不起放在哪里了。这时，放在厨房餐桌上的手机响了起来。

“这么快就到了？”

金美真立刻跑回厨房拿起了手机。手机上显示一串电话号码，但不是李正洙的。金美真的脑海里闪过了不祥的念头。凌晨时分哪来陌生的电话呢？是李正洙被解救以后因电池用完拿别人的手机给我打来的？金美真犹豫片刻还是拿起了手机。她心里一再祈祷手机里传出的是丈夫的声音：“我已经被解救了，我这就回家！”金美真拿起电话静静地等候对方的声音。对方似乎没有意识到金美真已经接通，还在向旁人大声喊叫。

“没听见吗，赶快给我撤回去！必须等到专家来了才能动手！”

金美真一时失去重心趔趄一下。她用一只手扶着餐桌勉强坐在了椅子上。

“喂……”

听到金美真蚊子般的声音，对方才向她说起话来。对方是刚才跟李正洙通过话的那个消防队员。听着消防队员的话，金美真的眼泪流了下来。那是悲伤的泪水，也是恐惧的泪水。

“从目前的情况来分析，您先生恐怕一时半会回不了家。现在等到专家来勘查现场以后我们才能制订解救方案。不过请您放心，我们一定会救出您先生的。您一定要坚持住，我们需要您的配合。”

金美真答非所问，吼出了绝望的呼喊：

“他说好了要买红酒回来的。秀珍等爸爸等了半天才睡着的。今天是我们秀珍的生日呀！”

金美真带着秀珍火急火燎地坐上了出租车。无数个消防队员和建筑工人正在紧锣密鼓地进行隧道加固工程。金美真抱着秀珍朝消防队员施工的地方走去。这时一个消防队员张开双臂拦住了她的去路。

“不能接近洞口，那里很危险。”

“孩子她爸不接电话！”

金美真简短的回答使那个消防队员放下了双臂。有一个上了年纪的消防队员走了过来，直觉告诉金美真他就是与自己通过话的那个人。

“实在对不起。现在我们所能做的就是采取一切方法防止隧道再次塌方。李正洙先生不接电话是因为他目前处于极度恐慌状态。您先别急着给他打电话。如果没有车用充电器，李正洙先生必须节省手机电池。”

说完这些，消防队员低下了头。金美真的眼里泪水扑簌扑簌直往下掉。秀珍好奇地瞪大眼睛用手擦拭妈妈的眼泪，问道：

“妈妈，爸爸在哪里？不是说要来看爸爸吗？”

金美真忽然想起了什么，将秀珍的脸朝向消防队员，大声喊道：

“他们会救出爸爸的。这位伯伯会亲自进入那个隧道带着爸爸出来的。”

听到妈妈歇斯底里般的喊叫，秀珍哇哇大哭起来。金美真不顾女儿在哭啼，仍在喊叫：

“你要看清楚，就是这位伯伯要救出爸爸。快看呀，睁大眼睛好好看！你一定要记住这位伯伯！”

看到妈妈发疯般的举动，秀珍将脸埋入了妈妈的怀里。可金美真用一只手强硬托起秀珍的下巴让她看看眼前的消防队员们。中年消防队员劝说道：

“夫人您不能这样，不能让孩子受到刺激！”

金美真放下秀珍，一把抓住那个消防队员的胳膊继续喊道：

“您会救他出来的吧？会救他出来吧？是的，您一定会救出秀珍她爸的！”

秀珍受到惊吓大声哭起来了，消防队员抱起了秀珍。

“我们一定会救出您先生的，一定会的。明早他肯定会安全地走出这个隧道的！”

金美真瘫坐在地上。已经塌陷的洞口隔着泪水映入了她的眼帘。秀珍哭着喊着要回到妈妈的怀里。消防队员抱住哭闹的秀珍不知所措。

金美真望着洞口有气无力地说道：

“这是个噩梦般的周末。上帝呀，难道仅仅两天的休假也不让我们好好过吗？秀珍爸，你快点给我回来呀！”

“对不起，美真，看来我要耽误一些时间了。

红酒，我们改天再喝吧。

等待我回家也不是一次、两次嘛，权当这次的周末比以前稍微长了一点。”

02　充满希望

“开通仅五个月的隧道因质量问题坍塌，我现在就在坍塌的事故现场。原子能电站的李先生在周末回家途中遇到隧道坍塌，目前困在这里已经三天了。据专家介绍目前救援遇到很大的困难。”

这是隧道坍塌后第三天才曝出来的新闻。

李正洙原以为只要挺过一夜就能得到解救，与可爱的女儿和亲爱的妻子共享天伦之乐，然而现实却不像他所期待的那样。事故发生已经三天了，可救援工作迟迟没有进展。过了漫长的三天，国民的视线才开始关注李正洙的生死。其中当然有盼望早日得救的视线，可大部分人却是看热闹的心态，就像在看一部灾难片。

为了节省手机电量李正洙决定每天只通话五分钟，即与妻子通话三分钟，与救援人员通话两分钟。李正洙给妻子传达的话语充满希望，“别担心，马上就能得到解救”；可救助队员带来的却是遥遥无期的等待，“请再坚持一下，我们正在尽最大的努力”。

三天的时间给李正洙带来了很大的变化，他必须好好清点剩余的食粮。目前手头有五个小面包，那还是买蛋糕的时候蛋糕店给的赠品，此外还有加油的时候加油站赠的两瓶矿泉水，其中一瓶已经快要见底了。李正洙必须拿这些食粮支撑到今后未知的解救日期。封闭的隧道闷热无比，李正洙饥渴难耐。

昨天的一次通话使李正洙感到无比的恐惧。那个男人称自己不是消防队员，而是什么专家。他开口就问他有没有车用充电器。听到这句话李正洙瞬间意识到问题的严重性。目前的情况不容乐观，弄不好自己还有可能陷入死亡的深渊。

男人不停地问李正洙各种问题，李正洙也毫不隐瞒地回答了对方问话。既然救援遇到困难就必须坚持下去。生存的本能促使李正洙老老实实地配合那个男人。男人向李正洙确认剩余食粮还有多少，李正洙回答只有五个面包和一瓶矿泉水。像"我什么时候能得救"之类的提问已经没有必要再问，当务之急是如何生存下去。

"手机电池要省着点用。通话时间尽量缩短，每天与夫人通话控制在三分钟以内，与我们也控制在三分钟以内。你说手机电池还剩一半，估计可以支撑两个星期。"

"两个星期?"

李正洙突然觉得眼前一片发黑。两个星期？难道让我在这个黑暗的隧道里待上两个星期？郁闷、不安和恐惧像潮水一样涌入了他的脑海，心脏的跳动声越来越大了，浑身的肌肉猛烈地抖动起来了。大脑信息系统无情地向他传递着不可能支撑两个星期的信号。李正洙的意志就像大海上遇到暴风雨的小船一样猛烈地动摇起来了。直觉清楚地告诉李正洙，自己这一片小舟根本经不起两个星期的狂风暴雨。

“你完全可以支撑住。现在你身边还有蛋糕和水。当然我们还会通过管道继续给你供水。仅靠水也完全可以支撑一个星期。现在是夏天，面包和蛋糕很容易变质，在封闭的隧道里闹个食物中毒什么的也是很要命的事情，所以你必须在未来的三天内将那些食物全部吃掉。车里还有没有其他可以吃的东西?”

李正洙想起了几天前秀珍吃完剩下的饼干袋子，他手忙脚乱地翻了一遍副驾驶座前面的抽屉，可结果是令人失望的。对方这才向李正洙仔细地说明了目前的救援情况。

“我们正在进行加固处理，隧道暂时不会再次塌方。导致次生灾害的外部隐患已经被解除，可是要把你解救出来还需要一定的时间。我们正在采取挖掘救援的措施，这就需要两个星期的时间。别看现在相对安全，可在处理堵住洞口的岩石时有可能发生二次塌方。你无论如何也要挺住这两个星期。”

“我，我能挺住吗……”

李正洙有气无力地说道。

“想想你的女儿，想想在家里等你回家的妻子。”

“秀珍？还有美真?”

李正洙无意识中喊出了母女俩的名字。他看了一眼蛋糕和布娃娃，汪洋大海中沉浮不定的小船再次荡漾起来了。前面的灯塔向他指明了前进方向，灯塔正在召唤小船赶快离开暴风雨海域朝自己划过来。家庭的灯塔赋予李正洙生存的义务和使命。

“能给我的秀珍送一个迟到的生日派对?”

李正洙很想听到对方确切的回答。对方立刻传来充满自信的回答:

“请放心，你完全可以为你的女儿安排一场像样的生日派对，你尽管相信我就是。”

“我要给妻子打电话。明天下午两点钟我再联系你。如果碰到我妻子就说车里有足够的食物。我不想给她增添心理负担。”

——是我，他们说很快就能解救我，我完全可以挺下去。你再等两个星期。

——车里有吃的东西吗?

——好在给秀珍买蛋糕的时候多买了面包、饼干之类的。这些东西够我支撑两个星期。

——有吃的就好。正洙，我……真有点害怕。

金美真来到了事故现场。隧道就像张开大嘴的巨兽，事故现场烈日炎炎，气温已经超过30度。她站在离洞口不远的地方，一动不动地盯着隧道。眼前的世界充满愤怒、无奈和绝望。过了几个小时，高温无情地消耗着她的体力，视线开始模糊起来了，像是中了咒语，她无力地闭上了眼睛慢慢地瘫软下去。救护车的尖叫声是她听到的最后的声音。隧道仍旧岿然不动，丝毫没有放出李正洙的意思。

金美真醒了过来。周围已经不是嘈杂的隧道口，而是洁白的病房。胳膊上插着输液针头，她觉得浑身像被一座巨大的山头压住，无法动弹。可她还是使出吃奶的力气摸索身旁的电视遥控器按下了电视机开关。节目主持人正在采访一个专家模样的人。

“解救工作进展怎么样？”

主持人用冷漠的语调问专家。

“目前暂时不能动隧道。最安全、最可行的解救方案是从洞口外挖地道，一直挖到被困者滞留的位置。可这里的岩石层特别厚，挖掘岩石层是最大的难题。再说挖掘机一旦接近隧道，机器的震动很有可能引发二次塌方。所以我们只能人工一锹一锹地挖下去。”

“看来解救工作非常困难。您觉得这是最可行的方法吗？失败的概率有多少？”

“失败的概率几乎等于零，问题是时间。关键在于在没有食物保证的前提下被困者到底能够支撑多长时间。目前在外部无法向隧道内提供食物，因此只好靠被困者自己调节体力消耗。”

金美真慢慢地闭上了眼睛，她紧紧地咬住了早已干裂的嘴唇。昨天李正洙还在电话里信心十足地讲了如何如何得到解救，可现在听专家的分析整个事情却朝着相反的方向发展。她闭上眼睛就是为了不想看见专家无奈的表情，可他的声音却在生动地描绘着他此时的表情。她想关掉电视，可手指头怎么也按不住遥控器的开关键。拿起遥控器的手无力地落在了床上。就在这时手机剧烈地振动了起来。是李正洙打来的电话。

“啊，是你。”

死死堵住的喉咙口一下子被打开了。这声音既不是疲惫不堪的声音，也不是陷入绝望的声音。

“你在干嘛呢?”

李正洙的声音里也丝毫没有不安的情绪，就像平日里从公司给家里打电话一样。

“我在看新闻。听他们说解救可能性非常大，因此你一定要挺住。”

“哈哈，这就对了嘛，我说过不要太担心！你是不是一宿没睡?要注意休息。”

“没有，我睡够了。我和秀珍跟你分开睡也不是一两天了。”

“这么说没有我照样可以睡个好觉?这话说得我真有点伤心呀。”

“我是在跟你开玩笑呢。”

金美真按下遥控器的音量键，想放低电视声音。可就在这一瞬间传来了专家的一句残酷的话语。

“要说时间嘛，最长需要一个月。两个星期是以没有岩石层为前提的。可这一带全都是坚硬的岩石层，打穿这个岩石层并不是容易的事情。”

金美真的嘴张大了，可她什么话也说不出来。

“怎么不说话?”

手机里传来了李正洙不安的声音。金美真立刻从发呆中清醒过来，对着手机说：

“啊，我，我在看新闻。电视里说救援工作这就开始。你说过还有一些食物，是真的吧?”

“是真的。吃两个星期应该没问题。”

“说不定中间还有什么事，还是省着点吃吧。”

“不是说好了两个星期吗？够了。”

“正洙……”

“你说。”

李正洙在沉默中等待妻子的回音。

“我真想给你做一顿美餐，真的好想。”

李正洙用调侃的语气说道：

“你的手艺也很一般嘛。”

“那也想给你做。不管是什么料理，只要你愿意吃的，哪怕照着菜谱也想给你做。”

“你这是怎么啦？突然间长大了？突然间懂事了?”

泪水堵住了金美真的嘴。她用一只手捂住手机无声地哽咽起来了。对她来说时间是宝贵的，就连放声痛哭的时间也是奢侈的。她不能哭，她必须把眼泪往肚子里咽。通话时间仅限三分钟，把有限的时间浪费在哭哭啼啼上实在是太可惜了。

“我，我就是想给你做好吃的。”

“呵呵，今天这是怎么啦?”

“没什么，就是想给你做好吃的。”

“……”

“我想给你做所有的一切。”

——李正洙先生，食物还有剩余吗?

——没有，只剩下蛋糕了。

——啊，那蛋糕还没吃吗？趁它变质之前赶紧吃掉。

——我不想吃，没关系的。

——要知道保存体力是关键。

——这蛋糕是送给我女儿的。我要尽早出去亲手送给我女儿。

——……

——这蛋糕本来就是属于秀珍的。必须在我们一家三口聚在一起的时候才能切开。

03　齐心协力

李正洙被困第五天。

媒体的热度陡然升高，李正洙的遭遇成了国内头条新闻，同情李正洙的人们纷纷伸出了援手。国内建筑专家云集在这座单洞双线小隧道，各种救援装备也陆续运到了事故现场。事故现场已经是人山人海，各种机器设备一应俱全，真可谓万事俱备，只要一声令下便向坍塌的隧道发起总攻。然而隧道也不甘示弱，它以独有的威严不准任何人靠近自己一步。它就像穷凶极恶的歹徒用枪顶住人质的脑门一样，只要有人胆敢靠近便引发第二次塌方，将人质彻底埋藏在隧道里。为了救出人质，人们改变了靠近方式。按照专家的提议，人们找准李正洙被困的位置开始挖掘地道。他们先是开辟了一条重型机器的工作面，然而尽管重型机器以它巨大的威力敲打岩石层，可坚硬的岩石层始终不肯给救援让路。

天公似乎也偏向于隧道一方，以超过三十度的高温阻止人们靠近隧道。人们喝水休息的次数越来越频繁，动作也越来越慢了，电视台的记者们也扔下摄像机躲到了车里。从上午开始的救援工作到了下午就已经到了极限状态。救援队员们已经筋疲力尽，重型设备也状况频出。就在这个时候突然一声巨响，一架大型凿岩机的钻头拦腰折断，飞向了施工人群中。

小心！听到急切的喊声，一位直起身子擦拭脸上汗珠的工人回头看了一眼身后。说时迟那时快，锋利的钻头朝他的头部飞了过来。随着一声惨叫，工人倒在了血泊中。他的安全帽远远地滚落到山坡下。

躲避酷暑的记者们拎起摄像机沿着临时山道跑了上去。

“快叫救护车!”

不知是谁大声喊了一句。各电视台的摄像机对准了受伤倒地的工人。记者们在慌乱中用颤抖的声音播报了这条新闻。由于事情来得太突然，他们来不及准备什么稿子。于是他们按照各自的看法报道了这场突如其来的事故。工人们用毛巾捂住了伤者的头部。伤者双手抱住头部拼命地蹬起了双腿，凄惨的喊叫声越过高山传到隧道的那一边。

——今天下午在隧道救援现场有一位金姓工人受到了重伤，所幸伤者没有生命危险。隧道一带的地质由坚硬的花岗岩构成，因此给救援工作带来极大的困难。可以说目前的救援工作正在原地踏步。原先的救援方案是从被困者所在的位置附近挖掘通往隧道的地道以解救被困者，但是事到如今专家们不得不怀疑这个方案的可行性。

金美真躺在病床上看新闻，绝望笼罩着所有的神经。出事第五天才正式开始的救援迄今没有任何进展，给她带来了无尽的忧愁。秀珍在奶奶和姥姥身边打着瞌睡。晚上的时间凄惨无比，身旁的婆婆和妈妈不停地唉声叹气。金美真艰难地按下了李正洙的电话号码，可手机里只传出对方已关机的语音提示。白天通话的时候李正洙的口气还是很乐观的。

“美真，外面好像正在进行救援工作。外面机器的轰鸣声和人们的喊叫声都传到隧道里来了。现在噪音太大，过一会儿我再给你打电话。听外面的动静，他们离我很近，说不定今天就能出去，哈哈！晚上咱们再电话联系。”

自从发生事故以来金美真头一次睡了一个安稳觉。直到下午为止，电视报道就像李正洙说得那样十分顺利。看电视画面，笨重的挖掘机通过临时修筑的应急通道轻松地爬上救援现场，很快地掘开了半山腰上的坡面。她很想到现场去看看，可是那里已经实行交通管制，除了施工人员以外任何人都不得进入。金美真只好通过电视直播了解救援现场的施工情况。看到电视上这些画面金美真感到了一丝安慰。

然而睡完一觉情况却发生了一百八十度的变化，凿岩机折断的报道无情地蹂躏着金美真脆弱的心理。她向妈妈和婆婆投去了求助的眼神。两位母亲也一直盯着她的眼睛。她们似乎在相互的目光中寻找能够依赖的某种东西。

“妈妈，婆婆，不要担心。他是个十分坚强的人。”

"……"

两位母亲默不作声。真正想哭，真正需要安慰的应该是金美真，可两位母亲却希望从金美真的嘴里听到安慰的话语。

"婆婆，您经常给我讲秀珍爸小时候的故事。您还记得给我讲过他小时候掉进粪坑的故事吗？您说过当时他真的是死里逃生的。具体细节我都忘了，您再给我讲一遍好吗？"

"……"

"您就给我讲一讲吧。"

"……"

"求您了，婆婆，您再给我讲一讲吧。"

不知睡了多长时间，躺在后排座上的李正洙在宁静中睁开了眼睛。环顾一下四周，四周仍旧一片漆黑，没有丝毫的变化。救援到底进展到什么程度了呢？他打开了手机，手机发出刺眼的亮光，这说明手机还没到电量耗尽的时刻。可他的肚子却连连发出饥饿的信号。咕噜噜，咕噜噜，胃肠的痉挛声不停地敲打着他的耳膜。已经一整天没有吃东西了。才几天就开始喊饿？他暗自埋怨自己那不争气的肚子。为了充饥他将仅剩的一点矿泉水全部喝光了。跟他通过话的那个专家如约用管道向他提供了充足的饮用水。喝完瓶里的水他用空瓶子接过饮用水又喝了起来。隧道内好几处石缝中渗出了水。他打开两侧的车窗仔细观察每个石缝之后选择了后窗处的水源。这个石缝里的水几乎不掺杂任何异物。随着供水量的增加，水中的异物清除了许多，今天的水质显得特别透明清澈。喝完水他给金美真打了个电话。利用等待接通的空儿他看了一眼时间。已经是晚上十点。不久手机里传来了金美真亲切的声音。

“正洙，是我。”

“隧道还没打通了吧？你看过新闻了吗？”

“嗯，看过。说是进展顺利。可是看样子还要过些日子才能彻底打通。”

“你在干嘛？”

“跟婆婆和妈妈讲你小时候掉进粪坑的故事。你真厉害。我说你身上总有臭味，原来那个时候的臭味一直带到了现在。”

“哈哈，是吗。我想跟妈妈说会话。”

“婆婆？”

“是的，我想跟她聊两句。”

金美真犹豫片刻。如果将手机转给婆婆，婆婆肯定会哭得说不出话来。说不好婆婆可能会无意中向他透露外部的真实状况。这时李正洙的催促声传过来了。

“怎么啦？快换妈妈来接呀。”

“正洙，婆婆好像很累了。你被困在隧道里，最难过的就是婆婆。不管你装得怎么像，可母亲还是母亲。我想最好不要再次伤她老人家的心。我现在也是躲开婆婆接你的电话呢。”

“是吗?”

李正洙无力地嘀咕了一句。

“别担心，这边的救援进展非常顺利。你跟专家通过话没有?”

“还没有。”

“正洙，从明天起我们晚上通话好吗? 你那里白天机器轰鸣声太大，通话时精神也集中不起来。”

李正洙脸上略带苦笑点了头。他们通话持续了较长的时间。对婆婆讲的粪坑的故事，李正洙奋力进行了辩解。他说当时纯粹出于一时的疏忽，可后来又说那是一场生死搏斗，极力标榜自己的英雄行为。夫妻俩的通话是在欢声笑语中进行的。说够了，也笑够了，两个人不知不觉地又陷入了沉默之中。兴奋的心情立刻沉静下来，就像突然被浇了一盆冷水似的。

金美真用沉重的语调打破了一时的寂静。

“你知道吗? 我想死你了。”

金美真的声音里充满孤独和悲伤。李正洙早已感觉到了妻子的心情，只是怕刹不住火焰般爆发的情感，他闭上了眼睛。实际上在黑暗的隧道里无所谓睁眼闭眼，可他知道只有闭上眼睛才能勾画出妻子的面孔。平时每到下班的时候他总是闭上眼睛任思绪自由飞翔，这样他觉得能够缓解一天的疲劳。在他的想象中金美真是与自己形影不离的存在。不，准确一点说他们夫妻俩是针与线的关系，李正洙走到哪里金美真就跟到哪里。他的想象总是从下班以后一家三口共度天伦之乐的最平凡的事情开始。一起围着饭桌吃饭，一起看电影，一起坐在沙发上看电视，这对别的家庭来说是日常生活中司空见惯的小事，可对李正洙来说却是那么奢侈的期盼。李正洙再次闭上眼睛，追逐着想象中的幻影。走出隧道与妻子重逢，两个人眼含热泪紧紧拥抱，忘情相吻，这些情景都变成形象化的画面浮现在他的眼前。

“美真，我有个想法。出去以后我想换工作。”

李正洙突然睁开眼睛说道。他觉得现在到了将一家三口相亲相爱的想象付诸现实的时候了。回想过去远离妻子的日子，李正洙后悔不已。

“啊?”

“我们不能没有钱，也需要一个稳定的工作，可我更希望过一家三口在一起的日子。钱，没有了可以再赚；工作，只要我尽心尽力就行。岁月不饶人，它会让我们一点一点地衰老下去。一周回一次家，每当看见秀珍长大的模样我心里真的很难过。我凭什么不能看女儿长大的模样呢？我宁愿少挣钱也要看着她长大。我觉得现在的时光太珍贵了。你说我们能浪费这宝贵的时光吗？你觉得怎么样?”

金美真不假思索地回答：

“太好了。换到离家最近的地方，换到我想看你的时候随时都能跑过去看你的地方，换到步行五分钟就能回家的地方，换到当我召唤你的时候你可以立刻回到我身边的地方，换到我们互相需要的时候随时都能够在一起的地方。”

金美真的声音充满了柔情。李正洙也陶醉了，他提高嗓门说道：

“这么说便利店是最近的地方喽。我到便利店去打工也行吗？”

“怎么做都可以。钱不重要。我只要你在我身边，我只要你随时都能出现在我的眼前。只要有秀珍和你在我身边我就满足了。我只要你和秀珍，其他都可以不要。便利店就便利店吧，我和你一起打工。”

夫妻俩开心地笑起来了，天天能够在一起的想象使他们发自内心地笑了出来。这是意味着相互间的珍惜、相互间的爱情、相互间的心愿的笑。这个笑如同春天开花冬天飘雪那样自然、真切。

——正洙，吃的东西够不够？

——这个你就不用担心了，食物也够，水也很充足。

——你困在那里成天不运动，我怕你发胖。

——哈哈，可不是嘛。

——变成胖猪我也喜欢你，不洗澡身上发出臭味也喜欢你。我只要你坚持下去。

——放心好啦。出去后，我先给你安排一桌丰盛的大餐，还要给你买现在最流行的衣服。

——我呀，只想抱抱你，感受一下你的体温。能够感觉到我们还活着，这对我来说是最宝贵的。现在是这样，将来也是这样，一直到老。

李正洙恋恋不舍地结束与妻子的通话，怀着忐忑的心情拨通了专家的电话。

“你好，李正洙先生。”

“我想往后就在这个时间跟您通话。因为白天噪音太大，有时听不清您的声音。”

李正洙的声音还是十分响亮。直觉告诉专家李正洙正沉浸在即将获救的期待之中，专家一时无言以对。专家觉得应该如实告诉他目前救援工作的实情以及对救援工作的应对方法，可一想起几个小时前与金美真通话的内容他又犹豫了。金美真在电话里一再请求专家不要向李正洙提起目前救援工作遇阻的事实。她说眼下支撑李正洙坚持下去的动力来自不会饿死的希望和从早到晚传到他耳朵的机器声。在两个人之间传递谎言，专家感到十分难堪。

“喂，听到了吗?”

李正洙催促专家回答。

“哦，我听着呢。现在救援情况没有异常，进展也比较顺利。受到网上舆论的影响，政府方面也在采取积极的措施。哦，还有，当你走出这座隧道的时候你会成为一个公众人物。现在舆论都站在了你这一边，不少人都已经为你募捐了。对制造这一豆腐渣工程的建筑公司将进行最严厉的法律制裁，你本人也将获得巨额的赔偿金。在隧道里每过一天你将得到一笔可观的赔偿金。希望你务必要坚持下去，必须要坚持两个星期，两个星期之内我们一定会救你出来的。”

“可是，可是我饿得有点受不了。”

这是李正洙不敢向妻子说出的苦衷。

“蛋糕坏了吗?”

“不知道。不过蛋糕我是绝对不会动的，哪怕饿死我也不会吃的。这个蛋糕必须由我们夫妻俩带着女儿秀珍一起切开。”

专家觉得必须给李正洙某种生存的希望。当务之急是如何解决饥饿的问题。解救是早晚的事情，就看李正洙能不能坚持住。那么如何支撑他的生命力呢？这是他一整天思考的问题，可这个问题的答案的确不容易找到。时至今日必须告诉他某种定论，可拿起电话除了一些安慰话以外又讲不了其他更多的事情。

“仅仅依靠水来充饥是很痛苦的事情。我们会尽快采取有效措施。目前当务之急是食物，只要能够给你提供食物，那么什么问题都可以得到解决。我和救援队员正在研究提供食物的方法。我们一定会研究出最佳方法的，请你再坚持几天。记住，无论如何也不能放弃生命。救不救你是我们的事情，能不能活下去全靠你自己!”

“专家先生，你是不是把我看成那种容易放弃生命的人?”

专家判断，李正洙在封闭的隧道里被困了好几天，早已患上恐惧症，在极度的孤独和不安中度过日日夜夜。别看他说话信心十足，可他毕竟也是人，极端状况下免不了产生焦虑、恐惧情绪。被困在封闭的隧道里，落石不一定什么时候掉在自己的头上，食物也已经见底，死神正向他一步一步接近，这就是李正洙目前面对的现实。可他居然笑脸面对，甚至责备救援专家失去信心。

“啊?”

专家反倒慌张了。

“我一定要活着出去见我的妻子和女儿秀珍。你不是说过我完全可以走出这个隧道吗?即使有百分之一的希望也要付出百分之百的努力，我绝不能死在这里。我是一个孩子的父亲，同时也是一个女人的丈夫。我必须守护我可爱的女儿和心爱的女人。我不能死在她们前面，我不想让我的女人老了以后一个人孤苦伶仃地死去。我要握住妻子的手送她最后一程，我还要握住女儿的手步入婚姻的殿堂。”

专家感到鼻子一阵发酸：“这是每个人梦寐以求的愿望，也是至高无上的梦想。我一定会帮助你实现这个梦想。为了你能够握住心爱的女人和心爱的女儿的手，我一定会给你铺平走出隧道的路。我发誓不管有多大的困难，一定要给你铺平实现梦想的道路。请你相信我!”

“先生，你知道吗?我女儿一到周末就跟她妈嚷嚷要买新衣服。

她知道周末是爸爸回来的日子，因此她要穿上新衣服给爸爸看。她还说长大了一定要嫁给爸爸。她真的长大了就不会说这种话了。我真不希望她长大，我最喜欢听她说要嫁给我、跟我一起生活。从这里走出去以后，我就再也不离开我女儿了。金钱使我们失去了太多太多的东西。”

“好羡慕你。我也有一个上中学的女儿，可她从来没有对我说过这些话。何况现在又处于青春期，我们父女间的对话往往变成一场争论。”

“我看你是一个不健谈的人，我敢肯定你从来没有跟女儿说过‘我爱你’之类的话。”

“当爸爸的不都这样嘛。”

“你是一个保守主义者，是个传统观念根深蒂固的人。你知道女儿喜欢哪个明星吗？你知道女儿喜欢什么类型的衣服？喜欢吃哪些东西吗？”

“这些想都没想过。”

“我可是都知道的。因为我每周末都要给女儿买东西，只有这样我才能多少减轻我对女儿的负罪感。一周五天不能陪在女儿的身边，我心里非常内疚。上班的时候我还会偷偷学唱女儿喜欢的歌，这样周末回家可以跟女儿一起唱歌。”

“回想起来我的确愧对女儿，因为我从来没有想过这些东西。理由总是一个字，忙！本该由我来安慰你，没想到你却反过来安慰我。”

“你就按我说的去做，今天先给女儿发一条短信，内容不用太长，表达你对女儿的爱就行。然后等解救我的那天再约女儿一起吃顿饭。”

“好，为了过上和你一样幸福的日子，我也要尽快把你解救出来。”

短短的一则短信专家竟然来回写了好几十遍。总是以忙为借口忽视了女儿，专家今天决定挑战一次那个该死的传统保守主义。足足写了二十分钟才完成了一条短信。

专家犹豫一会儿，然后像是下了很大决心似的闭上眼睛按下了发送键。他觉得自己的脸一阵阵发烫。

“谢谢你总陪在爸爸的身边。能够跟你在一起，爸爸觉得十分幸福。今天爸爸要跟你说一句心里的话，我爱你，女儿。”

专家红着脸重新看了一遍自己给女儿发的短信。

“俗话说万事开头难。还真想多发几个这样的短信。女儿什么时候会给我回短信呢？真想快点收到。啊，我也想家了。”

04 绝望中盛开的花朵

被困第七天。

李正洙虽然被困在隧道里，可他的每一天都十分忙碌。

一到早晨，隧道外部的机器轰鸣声就像闹钟一样把他唤醒。洞壁上渗出的山泉给闷热的隧道带来了一丝凉意。他用力推开汽车右后门，清理了堵住车门的岩石块，现在车后门已经能够打开了，他一鼓作气将周围的岩石一直清理到汽车尾灯处。有一次挪动了一下车轮边的一块石头，结果压在那上面的岩石轰隆隆地塌了下来，差一点把李正洙吓死。然而他并没有因此退缩，继续清理周边能搬动的石头，直到打造出一块属于自己的活动空间。

汽车尾部已经腾出了较大的空间，腾出这个空间只花了一天半的时间。有了自己的空间，第一件要做的事情是拉下裤子排便。一开始他只想自己顶多在这里待上一两天，可现在他已经到了打造自己生活空间的地步。

七天来头一回长长地伸了懒腰。浑身的骨关节发出了咯吱吱的舒服的声音。

他靠在汽车后备箱呆呆地看着隧道天棚。隧道外仍然传来机器的轰鸣声。这似乎在告诉他救援队员正在一步一步靠近自己，也提醒他绝对不能放弃生存的希望。

然而该死的汽车收音机里传出来的却是另一种声音。

结束与专家的通话，李正洙一时睡不着觉，于是打开了汽车收音机。收音机里传出了音乐声，音乐十分优雅，就像催人进入梦乡的悠扬的催眠曲。他慢慢地陶醉在节目主持人低沉的声音和凌晨时分幽静的音乐声中。音乐声结束了，他也觉得该睡一会儿觉了。

正当他准备关掉收音机的时候电台新闻节目又开始了。新闻里是不是有我的报道呢？出于好奇，李正洙重新竖起了耳朵。专家说自己已经成为了公众人物，那么电台新闻节目里也应该有我的报道。李正洙耐心地收听了电台新闻节目。时事新闻结束，开始播报事故新闻。新闻主持人果然提到了这座隧道的名字。他的神经立刻绷紧了，然而片刻间又呆滞了。

“据专家透露，对李正洙先生的救援工作仍旧没有实质性的进展。下面我们来听听本台记者的现场采访录音。”

李正洙的表情已经完全变了。收音机里传出了天天与李正洙通话的那位专家的声音。

“目前解救被困者遇到了非常大的麻烦。坚硬的岩石层和酷暑使救援工作迟迟没有进展。雪上加霜，两天来的雷雨天气又耽误了救援工作。救援固然是第一要务，可我们还要考虑救援队员的人身安全。但是只要被困者不放弃希望，我们还是会尽最大的努力去解救他的。”

李正洙再也听不下去了。他关掉收音机给专家打了电话。专家立刻接了李正洙的电话。李正洙劈头盖脸地问道：

“刚才在新闻里听到要尽最大的努力来救我，是真的吗？你真的会尽最大的努力吗？”

专家一时不知所措。面对无言以对的专家，李正洙再次催问：

“你真的会尽最大的努力吗？”

“……”

“没必要做其他的回答。我一定会等到救援队员的出现。请你答应我，不要放弃救援工作，一定要尽最大的努力解救我。”

听到李正洙的再三哀求，专家回答道：

“是的，我一定不会放弃。我会第一个出现在你面前，而且带着你最喜欢吃的食物。”

“我相信你这句话，我一定会活着看到你出现在我面前。”

二人间的通话持续了很长时间。专家觉得已经没有必要再瞒下去，于是向李正洙毫无隐瞒地交代了目前的救援进展情况。李正洙闭上双眼一言不发地听着专家的话，他不得不接受残酷的现实。他看了一眼蛋糕后又慢慢地闭上了眼睛，脑海里只有一个念头，无论如何一定要活下去！他们的通话主要集中在食物问题上。听专家的讲话，似乎一点儿希望都没有。

“没有食物根本不可能支撑下去，从目前的救援进展看至少需要一个月的时间。手机电池也是个问题。如果与外界完全隔绝，很快就会出现恐慌症，一旦患上恐慌症心理防线也很快崩溃。”

李正洙低头看了一眼手机电池信号灯。电池只剩下一个格。专家还在说什么，李正洙毫无顾忌地打断了专家的话：

“你一定要救我出去。今后的通话也只能在最要紧的时候进行。还有，别告诉我妻子我已经知道目前救援状况的事情。我会在她的面前装作什么都不知道。你听着，我一定会活着出去的。”

金美真天天为李正洙的救援工作而奔波，拯救李正洙是她每天生活的全部内容，一天二十四个小时的时间全部倾注在李正洙身上也觉得不够。她刚一出院就来到了救援现场，救援现场仍旧禁止通行，不管金美真怎么央求他们就是不肯让她进入施工区。金美真只好打道回府，可她并没有回家，而是决定去一趟公路公司。金美真不仅没去过公路公司，就连这个名字都没有听说过。事实上知道公路公司的人又有多少呢？她搭上出租车叫司机开往公路公司，出租车司机也只能在导航的帮助下才确认了公路公司的准确位置。出租车带着金美真驶出她生活的城市沿着郊外公路跑了一阵子。原来公路公司位于一座她从来没有来过的大城市中心，一座十几层高的大厦门面上挂着韩国公路公司的巨大的牌子。她大步流星地走进了大楼。大楼走廊两侧全都是办公室，每扇门上都挂着某某科的牌子。走着走着，她的脚步停在了走廊尽头一个办公室前，办公室门上挂着公路管理四个大字，她毫不犹豫地闯了进去。办公室里谁都不关心金美真的闯入，他们只是看一眼这个陌生的闯入者，然后又低头继续做自己的事情，没有一个人站起来接待她。金美真必须找到其中的负责人，她环视一下坐在办公室里的所有人，但他们都在埋头做自己的事情，谁都不愿意抬头与她打个照面。金美真大声喊道：

“隧道塌了，你们是怎么修的！”

金美真凄凉的喊叫声引起了人们的注意。看到大家的视线都集中在自己身上，金美真的眼睛立刻被泪水蒙住了。

“这到底是怎么回事？隧道怎么会塌呢？你们为什么不去救援?!”

眼泪顺着她的脸颊淌下来，挂在了清瘦的下巴上。金美真缓步走到一位年长者旁边，她觉得必须找一个具体的负责人理论理论。

“隧道坍塌已经一个星期了，可你们这些官老爷们却无动于衷！该交的税金我们都交了，该交的交通费也都交了，你们为什么不去救他！那座隧道是怎么修的？为什么不到一年就坍塌？这是什么质量？谁能向我解释?”

金美真握紧了拳头。听到她的喊叫，办公室里的人们一时鸦雀无声。很显然，金美真把这里的所有人都当作有罪之人。可他们也不甘心仅凭她的一张嘴就成为这次事故的罪人，他们理所当然地想采取防御措施。对坐在办公室里的他们来说自我保护意识占据了头等重要的位置。他们谁都很清楚如果这个女人的举动被媒体曝光他们将落得什么样的下场。她为什么偏偏要到公路公司来闹？为什么偏偏到我们的办公室来闹？为什么要在这样敏感的时候找上门来？不行，一定要制止这个女人的行为，否则如果媒体闻声而动，后果将不堪设想！意识到事态的严重性，有一个男子站起来走到了金美真的面前。

“这位女士，说话要讲道理好不好？我们公司怎么啦？你到这里来想得到什么？救援自有救援部门来进行，事故责任自有相关施工单位来负责，你在这里这么闹下去能解决什么问题？”

金美真的目光落在了那个男人的眼睛上。看到她的眼里喷射出愤怒的火焰，男人一时不知所措。看她的架势似乎要活吞胆敢来挑战的对手。还好，她将目光从那个男人身上移开转向众人。

“你们真是热衷于业务啊。看看你们的桌子上有一篇关于隧道坍塌的资料吗？”

金美真的嗓门越来越高了，她越说越激动，随手拿起办公桌上的东西又是撕又是扔。

“我丈夫还被困在隧道里！我丈夫遭遇了一场荒唐的事故正在死去！我丈夫因你们建造的豆腐渣工程正在饿死！可你们都在干什么？看看你们手头上有一篇有关这次事故的资料吗？你们都坐在这里干什么？怎么不回答，说呀，你们在干什么?!”

还是那个男人粗暴地拉了一下金美真的胳膊。

“我跟你说过，你找错地方了。那座隧道是不是豆腐渣工程自有专业部门来鉴定。我们只是管理部门，再说坍塌的那座隧道也不属于我们的管辖范围。那是属于地方管理的隧道，与我们毫不相关。我劝你还是到别的地方去理论，别在这里闹下去了!”

经他这么一说，其他人也你一句我一句地劝她离开这里。有一个职员将写有相关部门联系地址的纸条塞到金美真手里。金美真眼里掉下豆大的泪珠，哀求般地向他们喊道：

“出了这场事故，如果你们个个挺身而出，如果你们放下手中的活儿拿起铁锹去抢救我丈夫，我就不会这样愤怒，也不会这样冤枉！你们在空调房里悠闲地聊天，想没想过困在黑暗的隧道里的人？你们为什么不去抢险？你们为什么不去解救濒临死亡的人？你们不是管理部门吗？你们不是坐在我们头顶上的高层人物吗？我丈夫的生命正在隧道里一点一点地泯灭，他现在已经是饥饿难忍正在垂死挣扎。可你们凭什么安安稳稳地坐在这里闲聊？谁给你们如此作威作福的权力？快给我出去，快去救救我丈夫呀！他已经挺不住啦!”

金美真的情绪有些失控了，几个男人围过来制止她的行为。看到有个职员悄悄离开办公室，那个上了年纪的，看上去职务最高的男人也慌忙离开了座位。办公室里的人一个个溜走了，只剩下制止她的几个健壮的年轻人。

“既然没有做错那你们为什么要躲起来？回来，都给我回来说清楚!”

金美真的叫喊声传遍了整个大楼，其他办公室的人理应发觉到这里发生了什么，可他们谁都不肯出来看她一眼。她身边只有那几个年轻人用带有威胁的口气制止她。金美真瘫软地坐在地上失神地叫喊道：

“只要你们做出一点点的反省，哪怕说出一两句道歉的话，哪怕做出拿着铁锹上事故现场的样子，我也不会气愤到这个地步……”

金美真马不停蹄地奔波了一整天，她来到了警察局。那里的态度比刚才去过的公路公司要好一些。“对不起，隧道坍塌不属于我们的管辖范围。您不妨先到地方公路公司去看一看，然后再去看看具体的施工单位。如果您做完具体调查再提出立案要求，我们肯定会按照您的要求立案侦查的。”结论还是一样的，这场事故不是自己的管辖范围。金美真也提到过抢险问题，可对这个问题警察的回答仍然是同样的一句话：对不起，那不是我们的管辖范围。他们的态度还算可以，张嘴一声“对不起”，闭嘴一声“很遗憾”。

金美真又找到了消防队，可那里的人也做出同样的回答，这不属于我们的管辖范围……在各个部门的相互推诿下，金美真最后来到了地方公路公司。可地方公路公司又把责任推向了施工单位，似乎这起事故与自己毫不相干。有一个男职员泰然地坐在转椅上边做着自己的事边回答金美真的问题。当金美真提出要见他的上级领导时，他习惯性地说上级领导出门在外，无法叫到这里来。

“我听说从当初的隧道选址到建成，整个管理都是由你们来负责的。”

“我们只是按照原则办事罢了。现在你来找我们提出这样的问题，我们也感到很困难。”

困难？是什么事情让他们感到困难呢？他们说的困难到底是指什么？怕被推到舆论的风口浪尖？怕丢掉这顶乌纱帽？他们为什么不敢走出办公室去洗刷身上的罪过？他们从未给李正洙和金美真提供任何帮助，他们哪来的困难呢？被害者家人去找加害者家人讨说法，加害者家人不仅没有一丝歉意反而对被害者家人恶语中伤，这是我们经常看到的蛮横无理的举动。没想到地方公路公司正是用这种无理之举来对付金美真。面对他们如此不讲理的举动，金美真简直无言以对，只是一个劲儿地抓自己的头发。她的体力已经完全透支，嗓子也哑了。她没有力气发火，也没有力气理论。她无力地说：

“你说我应该上哪去讨说法？去找施工单位？你说你们是按照原则办事的？”

“还是去找施工单位更好一些。我们这里没法回答你提出的问题。这座隧道的施工是按照相关施工原则进行的，也是我们亲自监督管理的，从程序上看没有任何问题。”

这又是什么话？按照原则施工的隧道坍塌了，作为管理部门他们还没有任何责任？

“你再说一遍！按照原则施工的？按照原则施工的隧道怎么会塌呢？难道隧道坍塌就是按照原则办事的结果？已经酿成了天大的事故，你们还敢说是按照原则办事的？说！你们跟施工单位都有过哪些见不得人的勾当？”

金美真虽然疲惫不堪，可她的一双眼睛却炯炯有神。

“你不觉得说话有点过分了吗？我说过，我们只是按照原则办事罢了，请不要乱说话，你这是无中生有，是诬陷。”

地方公路公司的职员反倒教训起了金美真。金美真没再说话，只是死死地盯着那个为自己辩解的职员。看到她愤怒的目光，那个职员很不自然地将目光转移到办公桌上的文件上。她那喷射出火焰的目光似乎要吞掉眼前的这个职员，可她的泪水又显示出她的软弱。她含着眼泪哀求般地说道：

“求你们快去救救他，救救我的丈夫。他要是能够活着回来我干嘛要埋怨你们呢？求你们，一定要救出我丈夫。”

对金美真来说睡觉已经成了奢侈的事情。白天整日东奔西走，到了晚上彻夜不眠。上午上班时间一到，她身穿宽松的休闲服拦住了一辆出租车。上了出租车她先说要到车站，又改口问去首尔需要多长时间。出租车司机回答大约需要三个小时，金美真说那就直接到首尔江南区三成洞，然后坐在后排座轻轻地闭上了眼睛。她的眼里似乎装着一面永不干涸的大海，眼泪没完没了地流了下来，流出来的泪水似乎比喝的水还要多。她擦了一下眼睛打开了钱包，钱包里夹着她们一家三口的相片。李正洙笑得那么灿烂，女儿秀珍笑得那么可爱。即使这钱包丢了，捡的人看到这阳光灿烂的家庭照片也会老老实实地归还失主的。泪珠掉在了李正洙灿烂的笑脸上，一滴，两滴，也掉在了自己和女儿秀珍的笑脸上。看到后排座上的客人不停地流泪，出租车司机小心翼翼地问她怎么回事。金美真摇着头回答：

“没什么，我先生下班太晚，我只是很想念他。我太想念我的先生了。”

首尔，一座高楼大厦林立的国际化都市。

金美真站在这一片由钢筋混凝土制造的“人工树林”之中，十分扎眼。她身着宽松的休闲T恤，脚上穿着拖鞋，眼睛也肿得像蛤蟆，活像因家庭暴力被迫离家出走的流浪女。人们身穿整洁的正装匆匆走过她的身边，他们的目光自然集中到她的身上。

她毫不在意别人的视线，一脸愤怒走进了一座高大的建筑物里。警卫拦住她，一开始用亲切的口气问她找谁，可看到她充满敌意的目光，警卫的行为也变得粗暴了。

“闪开，我要找你们的领导。”

金美真根本没把警卫放在眼里。警卫上下打量了一下眼前的这个女人，说道：

“你不能进去，有事跟我说。”

金美真当然不吃警卫的这一套，她大步流星地走到了门口。警卫追过来一把抓住了她的胳膊。

“你聋了？怎么，想去警察局吗？”

“警察局？”

金美真布满血丝的眼里顿时喷射出一股杀气。

“你在贼喊捉贼！该喊警察的人是谁？是我！该喊警察的不是别人，正是我！我要把你们杀人不眨眼的领导告到警察那里去！”

金美真提高嗓门大声说道。趁警卫一时愣神，金美真一挥手甩掉他，清一清嗓子大声喊起来了。此时不吐出心声，她将窒息而死。

“你们这个公司把我们一家一步一步逼向毁灭，夺走我们的爱情，夺走我们的笑声，只给我们一家留下无尽的痛苦，你们凭什么不让我进去？为什么？为什么不让我进去？你不是说要喊警察吗？快喊呀！你不喊我喊！”

说着，金美真掏出手机拨打了112。她异常的举止吸引很多人聚集在她身边。门口的人越聚越多，也有一些人用手机拍起了现场视频。看到势态有所失控，警卫立刻跑进警卫室打了紧急电话。

金美真环视了一下围观的人们继续说道：

“大家来评评理儿，这像话吗？因为豆腐渣工程，我丈夫被困在坍塌的隧道里正在走向死亡。我就是被害者家属，我是到这里来讨说法的。他们不仅不去看事故现场，反而把我当成危险人物想要把我轰出去！我丈夫在隧道里思念着我和女儿，每天与死神抗争！饥饿正在分分秒秒威胁着他的性命！你们还有什么理由让警察来抓我？你们知道我来这里费了多大的周折吗？所有的部门都在推卸自己的责任，把我当作皮球踢过来踢过去。他们都说隧道是按照原则设计并施工的。如果是按照原则设计施工的，那么为什么会坍塌呢？何况是建成通车不到一年的隧道！隧道坍塌了，责任该由谁来承担？难道是驾车通过隧道而遭遇不幸的我丈夫吗？是天天盼望丈夫早日回家的我吗？看他们现在的态度，好像这场事故的肇事者就是我和我丈夫。他们想方设法推卸责任，只想保护自己的乌纱帽，根本不考虑被害者的安危。我是从事故现场来的，我根本没有看到过这家施工单位的人前去抢险。我只是一个想守住自己家庭的女人，我只想守住我心爱的男人，只盼望他能够活着回家。大家都看到了，警卫不让我进去，我到底做错了什么？是他们把我丈夫推进了死亡的深渊，我到这里来诉冤有什么不对吗？”

这时下起了瓢泼大雨，一些围观者跑进了楼里，可金美真一动不动。大部分人冒着大雨陪金美真一起站在雨中。倾盆大雨不仅没有冲散人群，反而增添了他们的愤怒。因寒冷和愤怒，金美真浑身发抖，她紧紧地咬住了嘴唇。

围观的人群一言不发，可他们在心底里已经产生了共鸣。有个姑娘举着雨伞向她靠过来紧紧地抱住了她，姑娘的体温立刻传到了金美真身上。有位先生也给她披上了自己的外套。有个孩子妈妈走过来从包里掏出手帕为她擦拭了头上的雨水。此情此景充满了同情和温馨。人们渐渐围拢过来了，他们都用无声的行为安慰这个不幸的女人。

应警卫的呼叫来了一帮人，可是面对这样的场面他们也无法采取什么措施。雨还在下，老天似乎也在同情金美真的遭遇，变本加厉地泼下了雨水。

金美真的嗓子已经发干了，她声嘶力竭地说道：

“我不想让他看到我现在这副模样，我想给他看我美丽的样子。我们是周末夫妻，我至今还没有当着他的面去过卫生间，也没有枕着他的胳膊睡过觉。可是，老公面临生死关头，我哪有什么心情梳妆打扮？我也想打扮得美丽，可这只是在他活着的时候。他要是不在了，我还有什么理由打扮呢？”

专家觉得口干舌燥。

新闻节目里正在播放金美真的消息。有人将她在施工单位门前控诉的场面拍成视频传到了网上，所有媒体的焦点都聚集在了这个视频上。

专家默默地看了一会儿视频，然后扣上衬衫的纽扣，紧了一下松到胸口上的领带。他站在镜子前面看了一眼自己的形象。这时有人走进现场指挥部向他通报：

“先生，部长找您。”

部长找自己，专家并不感到意外。他目无神情地来到了临时搭建的部长办公室。专家进屋还没有坐下，秃顶胖汉子便向他吼叫道：

“我问你在成天瞎忙什么！媒体炸了锅，我们的脸面丢尽，我们都成了一事无成的无能之辈、逃避责任的罪人！你要知道，控制舆论、监视被害者家属的一举一动也是你职责范围内的事情！”

专家沉默不语。可他并不觉得自己做错了什么。他没有低下头，也没有回避部长的目光。他的眼睛也直勾勾地盯着部长。

“你要知道自己该做的事情！如果媒体继续这样炒作下去结果会怎么样?！你也知道那些身居高层的官老爷们从施工单位收了多少贿赂，他们天天给我打电话逼问，我简直受不了了！”

部长的吼叫声变成了哀求声。专家开口了，他的口气十分平稳。

“舆论是随某个人的意志而转移的吗？现在一个家庭被毁了。我知道部长您也有孩子，是个儿子。我还知道您的儿子已经上了大学。哦，记得聚餐的时候您还说过还有一个已经到了谈婚论嫁年纪的女儿。您说过女儿大了既高兴又有些失落。”

“什么意思?”

部长的眼睛瞪大了。正当部长还要发怒的时候专家抢在他的前面说了。

“我的女儿是正处于青春期的中学生。您的两个孩子已经过了青春期。您说孩子大了总有一股失落感。没错，青春期的彷徨结束了，孩子们留在父母身边的时间也就不多了。部长，金美真的要求也不高，李正洙的要求更不高，他们只有一个愿望，就像你我一样，只希望多拥有一些与子女在一起的时间，哪怕到孩子青春期为止，哪怕到孩子上大学为止，哪怕到孩子结婚离开父母身边为止。部长，我们必须要隐瞒这场事故吗？我们必须要控制舆论包庇施工单位龌龊的行为吗？您说的那些身居高层的官老爷们也是孩子的父母，也是一家之长，他们必须要这样做吗？”

部长无言以对，默默地将视线转移到办公桌上的全家福照片上。看着已经长大成人的儿女，部长的眼神不知不觉间变得柔和了。他的眼神里流露出骄傲与失落混杂的神情。

专家用坚定而动情的语调说道：

“部长，我们一定要救他出来。我们还要将这个事件公之于众。为了让李正洙能够看着女儿长大，为了让他能够挽着女儿的手走进婚礼殿堂，我们一定要救他出来。我们都是父亲，都是视孩子为心肝宝贝的父亲。”

“我等了你一整天的电话，手机电池还剩多少？”

“还剩一格。你今天干什么了？”

“没干什么，一直哄着秀珍玩了。”

“秀珍睡着了吗？”

“这都什么时候了，你还想要她接电话呀？”

“是吗？美真，回忆会使过去重新浮现在眼前，这是我在收音机里听到的。主持人在朗诵一首诗的时候讲过这句话。听了这几句话以后我回忆了一整天过去的时光，就是你和我以‘我们’的名义共同度过的那个时光。”

“通过回忆重温过去的时光？不错。”

“我会很快得救的，机器声音变得越来越大了。等我出去以后咱们尽情享受现实中的好时光吧。不管生活有多苦，也不管身体有多累，也不管心情有多闷，我们都要感谢活着一起生活。”

“我呀，什么都不要，我只要每年照一次全家福。年年把秀珍长大的模样留在照片上，把我们老去的模样留在照片上，这是我唯一的愿望。”

“我爱你。”

“我也爱你。一定要记住我和秀珍对你的爱，所以你一定要活着出来。”

“李正洙先生，吃的问题有所解决了。”

“怎么解决的？”

“我们将在饮用水里溶入必要的养分输送给你。”

“为了救我，你们花了不少钱。”

“为了拯救李正洙先生，舆论已经炸了锅。你一定要活着出来，否则我无法向公众交代。钱的问题你就不用犯愁了，社会各界已经募集了不少的救援资金。”

“我能活着出去吗?”

“这一点我敢跟你发誓，你尽管放心。水里放入养分虽然填不饱肚子，可至少不会饿死的。”

“我太想我妻子和女儿了。洞里太暗，我也看不清照片。这次下班太晚了，我很对不起家人。”

05　心灵碰撞的瞬间

李正洙被困第十二天。

供水有保证，因此尽管饥饿难耐，还能维持生命。排泄物虽然不多，但十多天排泄物累积起来也已经形成了一个小山包。手机电池已经基本耗尽了。

李正洙最不愿意听到的就是提示手机电量不足的嘟嘟的声响。剩下的电池还能通几次话呢？不，还能通几分钟呢？怕电池耗尽，李正洙不敢随便开机。目前最要紧的事情就是最大限度地节省手机电池。他白天大部分时间与布娃娃作伴，怕收音机里又传来不吉利的报道，他连收音机也不敢听了。

在黑暗的洞穴里生活了十多天，他已经多少习惯了洞里的黑暗。后排座位成了他的软床。值得庆幸的是隧道至今没有发生过二次塌方。心理得以稳定，消磨难耐的时间也就不成问题了。能够活着出去的希望正在变成既定事实。目前对李正洙来说最大的困难莫过于对妻子和女儿的思念。与家人通话是他征服困境的最大动力，而当胜利逼近眼前的时候对亲人的思念则更加刻骨铭心。

他每天早晨做的第一件事情就是琢磨着如何打发今天这一天。

每天早晨他被熟悉的机器噪音唤醒，轰鸣的机器声已经变成了亲切的寒暄语。

李正洙真不愧是个乐观、坚强的汉子。

在被困的日子里，李正洙养成了一个习惯，那就是经常去摸摸手机。手机虽然已关闭，可他还是习惯性地按下金美真的手机号和家里的电话号码。汽车充电器那么便宜，为什么不买一个？李正洙后悔莫及。如果有了充电器，现在可以二十四小时与家人通话，以此打发难熬的时间。他下定决心这次出去以后首先要买一个汽车充电器。他将每天产生的想法一一记录在车内的小本子上。第一页上记录的是冲澡、与妻子吃团圆饭、给秀珍过生日，其次是被困时所需要的充电器、手电、方便面、智能手机等备品明细，然后又记录了走出隧道以后要做的事情，如每天跟妻子说一声“我爱你”、每周跟妻子外餐一次、每天晚上陪妻子看电视剧、每天陪女儿秀珍玩耍、周末为家人做早餐、负责厨房和卫生间打扫、经常跟妻子回忆热恋时候的事情、每两周与妻子一起喝次酒等事项。专挑浪漫的事情记录，他觉得自己不知不觉间变成了一个诗人、哲学家。

他也记录了很多后悔的事情。为什么跟朋友在外面喝到很晚回家还跟妻子耍酒疯？跟朋友聊天两个小时不算长可为什么不愿意陪女儿秀珍玩二十分钟？秀珍可是与最亲爱的人之间的爱情结晶呀。为什么忘掉与妻子在一起的幸福时刻？有了那个时光才会有今天一家三口幸福的日子。为什么把家务活理所当然地全推给妻子？就凭自己是家里唯一挣钱的人？为什么不理解妻子的孤独？只顾着自己上班把妻子和女儿留在家里。自己孤独的时候可以出去散心，可妻子上哪去散心呢？看电视为什么只关心新闻或时事报道而不关心妻子喜欢的电视剧？原来自己是自以为是的极端利己主义者。

充裕的时间给他提供了彻底反省的机会。封闭、黑暗的隧道是一个自我反省和自我检讨的最佳场所。随着时间的流逝，想通过电话向妻子做反省的念头如潮水一样涌入了他的心头。可现在他还不能在电话里向亲爱的人反省自己，因为说起这些事还要耗费手机电量，最后一点的手机电量必须用在最关键的地方。他意识到如果仅有的电量也没了，自己就很快陷入绝望的境地。剩余的那么一点手机电量可以说是支撑他生存下去的一缕希望。他心里一再勉励自己：忍着吧，从这里走出去再跟妻子好好反省也不晚。到时向她求得一千个、一万个原谅，重新建立幸福、和睦的家庭。只要我活下去，这些事情完全都能做到！

一天的时间说短也短说长也很长。尽管李正洙以反省消磨时间，可时间却像蜗牛一样慢得令人难耐、令人窒息。在极度的乏味中李正洙忽然想起了一件消磨时间的好办法。自从被困以来清理了汽车周边的一些落石，汽车周围出现了一块不小的空间。汽车机箱盖附近全都是大块的落石，他不敢搬动，可在汽车尾部却都是小块的碎石，于是他可以清理那里的碎石，腾出了一小片活动空间。这个空间成了李正洙在隧道里唯一的活动场所。坍塌的隧道里有的是碎石，于是李正洙在那里玩起了投掷小石块的游戏，有时还拿钢筋在黑漆漆的地面上画起了画。在这个过程中他想起了用小石块垒砌石塔的游戏。在秀珍出生之前他曾带着金美真前往马耳山（马耳山，位于韩国全罗北道的国家公园，以神奇的人工石塔和石寺而著称——译者注）观赏过那里的石塔。马耳山不是郁郁葱葱的青山，而是矗立着两座巨大岩石的石山。那是石塔的世界，古人垒筑的石塔和石寺堪称神奇之作。沿着山路爬上去就可以看见一座小寺，寺是用当地的石块垒砌起来的，小庙的周围无规则地矗立着几十座用小石块垒砌的石塔，石塔既雄伟又神奇。古代人垒砌石塔不可能使用钢筋混凝土或粘合剂，可几百年来任凭风吹雨打石塔依旧巍然屹立，毫发无损。据寺庙里垒砌这些石塔的道人讲，石岩也有雌雄之分，只要巧妙利用雌雄组合，石塔永远不会倒下。山上的石块在道人眼里都是雌雄配对的。据说用来垒砌石塔的石头也是道人利用缩地术从几十里外的石山上搬运过来的。李正洙和金美真为这个世界上绝无仅有的神奇的古石塔赞不绝口。此时李正洙觉得自己与那个道人同病相怜，他在封闭的隧道里试图体会一下当年道人在孤寂中垒砌石塔的心境。他明知自己垒砌的石塔不可能像马耳山的石塔那样恒久，自己得救之日也就是石塔崩塌之时。他还记得登山的时候很多登山爱好者在登山路上随手拾起路边的石块堆砌在岩石上，并对着石塔合掌许愿的情景。据说这种方法很灵，山上对着石塔许愿基本上都能够如愿以偿。想好了就付诸行动！李正洙搬起一块石头压在汽车刹车板上，使汽车尾灯一直亮起来。借着汽车尾灯的亮光他开始专心垒起了石塔。塔高已经超过了膝盖。坍塌的隧道里到处都是石块，李正洙也用不着道人的缩地术，随手就可以拿到垒砌用的石块。垒呀垒，一直垒到洞外的机器声停止。午饭时间到了，人家吃的是牛奶面包，可李正洙只能用溶入养分的水来对付午餐。午间小憩以后，外部的机器声一响，他就揉着眼睛起身，继续堆砌自己的小石塔。基础部分用的是较大的石块，可是随着塔高的增长必须使用小石块。寻找小而扁平的石块也是一种乐趣。机器声再次停止了，这是一天工作结束的信号，也是他最不愿意收到的信息，这意味着李正洙将熬过寂静而漫长的夜晚。机器声停止，李正洙也停下手中的活儿，向石塔弯腰鞠躬两遍，然后闭上双眼合掌许愿。他的愿望只有一个：希望早日离开这个地狱般的隧道。他不求上帝，也不求菩萨。因为他知道求上帝会得罪菩萨，求菩萨会得罪上帝，于是他只求神灵尽早让自己脱离这个苦海。每次祷告都持续较长的时间。尽管每天重复着同样的祷告，可对李正洙来说这是最为宝贵的时间。他的祷告时间越来越长了。面对石塔李正洙长跪不起，从一开始的几分钟延长到两三个小时，他的祷告绝对是真诚的，这是李正洙在隧道里最神圣的时间，也是最悲壮的时间。

晚上睡觉的时间也来得特别快，可极度的饥饿使他很难立即入睡。早晨醒来食欲多少有些减退，感觉不到那么饥饿，中午由于集中精神做别的什么事情也多少挺得住，可到了晚上饥饿实在让他难以忍受。喝水是他忍受饥饿的唯一的，也是最后的一个方法，然而尽管入睡前喝下不少水还是解决不了问题。虽然早早地躺在汽车后排座上打盹，可因为与饥饿进行的“生死搏斗”，往往在凌晨时分才迷迷糊糊地入睡。听收音机是他最好的催眠手段。封闭的隧道里收音机信号并不十分理想，怎么调也调不到理想的状态。经过反复的实验终于发现了最佳的收听角度，他将身体蜷缩到副驾驶座靠门的角落，收音机才放出比较满意的声音。在与世隔绝的地方这也应该算是一个重大的发现，如同哥伦布发现新大陆一样。

李正洙正在一点一点地适应新的生存环境。他在黑暗的隧道空间里探索生存渠道，寻求打发时间的各种方法。然而还有一个问题仍然无法解决，那就是对亲人的思念。不管做什么事情，对亲人的思念之情却无法消除。他的所有行为都离不开思念这个主题。垒砌石塔，反省过去，写日记，所有这一切都是在思念之情的驱使下做出的行为。

今天也和往常一样迟迟难以入睡。他躺在汽车后排座上失神地望着车窗外黑暗的隧道天棚。他想打开收音机却又把手收了回来。刚才听了三十分钟的收音机，汽车尾气充满封闭的隧道，呼吸都感到困难。他不禁自言自语地说道：

“已经过了十二天。离走出这个隧道的日子不远了，肯定没有这十二天长。我会走出这个隧道的，我肯定能够走出这个隧道。”

所有的舆论都倒向金美真一边。自从去过一趟施工单位，金美真周围发生了很大的变化。舆论的触角准确地指向了金美真。她住的公寓门前各路记者竖起了长枪短炮密切关注她的动向，因为她的一举一动直接影响着收视率。公路公司、管理部门以及负责隧道施工的建筑公司毫无诚意、互相推诿的态度引起了舆论的愤怒，在全社会范围内掀起了一场敦促查明事故真相的签名运动。各民间团体也纷纷表示要为解救李正洙提供全方位的支持。企图掩盖事故真相的人们受到了舆论的致命一击。一开始有个门户网站提出了疑问，有位自称是“平凡的建筑家”的网友提出了对隧道坍塌的几点疑问，说建成仅六个月的隧道坍塌不能不怀疑是一个豆腐渣工程。网友的这一质问使一直叫嚣严格按照施工要求和原则修筑的管理部门陷入了尴尬的境地。那位网友进一步要求施工单位向全社会公开隧道设计图和钢筋混凝土的使用情况。受那位网友的影响，隧道施工转包公司的经理也向媒体做出了良心宣言。转包公司经理召开记者见面会，向媒体交代了所有施工过程，说自从事故发生后自己从没有睡过安稳觉，甚至因负罪感而患上了抑郁症，去过好几次医院。他那苍白的面孔充分说明这是他发自内心的真实告白。

“我一直没有睡过安稳觉。我要把全部的真相说出来，以求得被困的李先生的原谅。我也是孩子的爸爸，是十七岁儿子和十三岁女儿的家长。我的良心告诉我必须将事实真相告诉大家。今天我才说出我心里话，我深感惭愧。”

说着，转包公司经理拿出了厚厚的一沓工程资料。

“这里记载着工程钢筋混凝土的全部数据和资料。没错，是我们公司从那家建筑公司转包这项工程负责具体施工的。我们在施工过程中使用的是与最初的设计完全不同型号的钢筋和混凝土。当我提出异议的时候，建筑公司主管向我诉苦，说仅凭政府下拨的施工费用根本不可能按照设计要求完成任务，光接待费和公关费用就占据很大的比重，因此只能降低工程标准。”

转包公司经理的一席话引起了万丈波澜。

在此之前，建筑公司极力表白自己的无辜，甚至通过媒体向公众公开设计图和实验资料，一再强调工程的合理性和合法性。当时就连一些专家也表态从他们出示的资料上看很难做出这是一个豆腐渣工程的结论。建筑公司的这一系列举措将这场事故引向了梨泰院杀人事件（梨泰院杀人事件，1997 年韩国首尔梨泰院某快餐店发生了一起杀人案，当时警方虽然锁定两名嫌疑犯，可后来那两个人都因证据不足而被法院无罪释放，最终这起凶杀案成了没有杀人凶手的无头案——译者注）式的没有凶手的杀人案。转包公司的经理继续揭露道：

“我曾接到过无数个电话，公路公司领导、管理部门领导、国会议员、建筑公司，甚至政府要员也给我打来电话，要我闭嘴。这是个几百亿韩元的大工程，在整个预算中真正用于工程的只有百分之七十，其他的资金都被蒸发了。我说的这个百分之七十还是包括工钱、我们转包公司的利润以及建筑公司的利润在内的费用。那么其他百分之三十的建设资金都去哪儿了?”

采访内容一传十，十传百，很快就在社会上掀起了轩然大波。检察院着手立案侦查，公路公司的领导辞职，就连总统也批示要求彻查此次事故。公路管理部门、建筑公司、公路公司等谁都没有逃脱干系，当初对金美真说与己无关的警方也被卷了进去。看着这些当初一再声称与己无关的部门一个个被卷进去，金美真露出了无奈的笑意。她在自己和李正洙共同的博客上留下这样的博文:

——他们都是一丘之貉，他们都是罪人。看到他们坐在豪华办公室里悠闲地喝茶聊天的情景，我简直要气昏过去。我的愤怒、我的忍耐也是有限的，到了一定的时候会像火山一样爆发出来的。他们都是杀人不眨眼的刽子手。

金美真的博文发表不到五分钟，各报社将这个博文写成报道发布在各个媒体上。

绝大多数人都为权力的崩溃而拍手称快。金美真俨然成了劫富济贫、伸张正义的义侠。人们对金美真的关注越来越多。在舆论的声讨中，对相关责任人的调查也紧锣密鼓地展开了。随着隧道坍塌事件成为头条新闻，各家电视台开始搜集有关金美真的各种信息，有的电视台甚至未经当事人许可将李正洙夫妻的爱情故事编成特辑播放出来。为了提高收视率，只要发现新闻爆料，他们就像饥饿的狮群扑向角马一样不顾一切冲上去。媒体上还出现了不少自称是金美真朋友的人。当事者在保持沉默，可这些与事无关的局外人却跳出来指手划脚。对金美真来说这些都是可以理解的事情，事实上她还有必要依赖拥护自己的人群，有必要从他们那里得到一丝的安慰。他们怎样利用自己，怎样去发掘自己的私生活，金美真觉得都无所谓。她只要李正洙平安走出隧道。只要李正洙平安回来，任他们随意议论自己的私生活，什么样的羞耻也都可以接受。只要李正洙平安回来与自己生活在一起，这些东西都可以当作一场恶作剧来接受。

有消息称参与李正洙和金美真特辑的人收了出场费。舆论的矛头又指向了那些人。人心浮躁，红着眼睛寻找替罪羊，恨不得来一场天下大乱。舆论哗然，活像角斗场上看着角斗士血腥斗角而疯狂起哄的观众。

他是一个专家，是个给遇险对象带来希望，稳定遇险对象心理情绪的心理学专家，也是身负抢险重任的救援专家。从早到晚奔波于各种遇险场所是他的职责。可最近他要去的地方不单是救援场所，还要给那些顶头上司以外的另外一些人打报告。最近早晨上班第一个要去的不是事故现场，而是某些领导的办公室，他要在那里被某些领导追究责任，理由是没有控制好舆论导向。这根本就是牛头不对马嘴的荒唐事，他的职责是解救遇险人员。如果解救遇险人员没有尽责而导致救援失败，他可以心甘情愿地接受追责，可控制舆论根本不在他的职责范围。他是一个专业救援专家，就像医生专门救死扶伤一样。他在大学里学的专业也是心理学、建筑学、建筑结构学等学科。他是一个充满爱心的人，他最清楚许许多多的遇险人员在等待自己的援手，他为用自己的双手解救出了许许多多的遇险人员而感到无比的自豪。可是不知从什么时候开始，事故现场的首要工作不是解救遇险者，而是控制舆论以掩盖事故的真相。三丰百货大楼倒塌（1995年6月29日，韩国首尔市中心五层高的三丰百货大楼突然倒塌，造成502人死亡，937人受伤的重大事故——译者注）时他还是个刚刚大学毕业的菜鸟，可他凭着一股职业责任感毅然冲进了废墟。后来他又被派往国外执行过多次国际救援任务。过去的十多年间他出生入死救出了无数名遇险者。可他并没有累倒，他还是以满腔热情奔跑在死亡线上救出了不幸遇险的人们。他与陷入绝望的人们同甘苦共患难，给了他们新的生命和新的生活。然而这次的抢险活动却让他却陷入了极度的困惑之中。

隧道里的被困者危在旦夕，他要去解救被困人员，可上头居然叫他去控制媒体疏导舆论。他顿时感到自己已力不从心。他那丰富的抢险经验和老练的抢险技巧不能用在抢救生命上，大部分时间要花在与媒体的周旋上，他已经没有精力去安慰遇险者家属。

今天上午他还是没能去事故现场，而是被官老爷叫去挨了一顿训斥。

“你是干什么的!”

官老爷在厉声训斥他。若在以前，面对官老爷的呵斥他会六神无主手足无措，看都不敢看对方一眼，只会连声说“对不起”、“请原谅”、“立刻改正”之类的话。

“我不知道您为什么把我叫到这里来。”

专家的回答判若两人。以往的他在这些官老爷面前从来都是唯唯诺诺，想方设法满足他们的意愿，即使自己没有错也要跪下来求饶，没想到今天的态度却如此强硬。身旁的秘书吓得不知所措，就连官老爷也不禁愣住了。

“你，你在说什么？”

官老爷简直不敢相信自己的耳朵。而专家却置之不理，挺胸抬头，一字一顿地说道：

“我想这里不是我来的地方，我应该去的地方是事故现场。我要进行对话的不是你，而是被困者和被困者的家属。我现在考虑的不是解除你的受贿嫌疑，而是争取时间解救被困者！”

他的声音由低变高，由柔和变得激昂。面对专家如此莽撞的冒犯，秘书和官老爷都默然无语。秘书拉了一下他的胳膊。

“放开！我会自己走出去的！”

他甩开秘书的手猛地站了起来。走到门口他又转身看着秘书说道：

“看你还年轻，我真心劝告你。你还年轻，你不应该在这里混日子。跟他们在一起，你也早晚会变成龌龊肮脏的人。待在这些明天就要进棺材的官老爷身边你还以为会飞黄腾达、富贵荣华？错了，你只能成为被万人鄙视的寄生虫。做人要自重!”

他转身踢开门走出了官老爷的办公室。回到现场办公室他坐在自己的办公桌前拿出了纸和笔。写了一阵子，他从抽屉里拿出一只信封，在信封上工工整整地写下了三个字：

——辞职书

专家来到了部长办公室。正在接电话的部长看到专家阴沉的面孔扣下电话默默地望着他。部长已经知道专家一大早被叫去训话。专家缓步走到部长面前向他递上了手中的信封。部长看都不看便问道：

“一定要这么做吗?”

“是。我只能这么做，这也是我唯一的退路。我想自己成立一个救援公司。我已经厌倦了。但是您放心，李正洙的事情我一定会办完的，我一定用我这双手救出李正洙。”

部长再也没问什么。他接过专家手中的信封放进抽屉里。抽屉里还放着一个信封，信封上也写着同样的三个字。部长长长地叹息一声，说道：

“我已经五十八了，就是现在辞职不干也不会有人为我惋惜。现在想来我也够愚蠢的，我自己也弄不明白我为什么迟迟不肯离开这个位置。”

与其说是给专家讲，不如说是自言自语。前几天专家的一席棒喝给部长带来了很大的冲击。父亲，这个名称听起来似乎是每个孩子爸爸理应听到的称谓，可谁曾想过这个称谓所包含的深层次的意义呢？父亲意味着义务和责任，可眼下很多人却要污辱这个神圣的称谓。他突然感到一阵愧疚。社会被污染了，没想到父亲这个神圣的称谓也跟着被污染。

从那以后，部长一概拒绝要他控制舆论的指示。上头着急了，有人甚至威胁要罢免他的职务。三十年的职场生活，二十五年廉洁的领导工作，他一直为拯救危难中的人而自豪，一直为守护他人家庭的安全而自豪。可现在有人竟然让他与那些隐瞒事实真相的人同流合污。

他感到屈辱、卑鄙，自责自己竟然违背自己的意志屈服于腐败的权力和肮脏的欲望。他感到自己正变得越来越渺小，他再也没有犹豫，毅然决定交出部长的座椅。主意已定，写辞职书的手再也不抖了。写辞职书的时候也曾来过几次催促电话，他用坚定的口气回绝了他们。

“是我。”

“现在舆论都炸开了，你在干什么？”

面对劈头盖脸吼叫起来的电话，部长毫无惧色地反击道：

“你多大的年龄跟我吼叫！听声音还是个乳臭未干的毛小子，你以为你坐在办公室就了不起啦！小小年纪就学会了这一套，给我滚一边去!"

部长摔了电话继续写辞职书。辞职书写完了，部长点了一支烟。过去的五年一直是在苦恼和烦闷中抽烟的，可今天的这支烟显得更加沁人肺腑。这是一支让他回顾过去三十年职场生活的香烟。

部长走到专家面前。两人一起工作了十五年，可部长从来没有握过专家的手。今天部长终于握住了专家的手。

"这次救援结束，你能不能把我招到你旗下?"

"啊?"

"离开这里我就没事干了。我学的就是这一行，除了这个我还能干什么？不过你也别小看我，干这一行我还是个行家呢。"

专家呆呆地望着部长。部长不好意思地避开专家的目光，看着墙上的挂钟开了一句玩笑：

"别担心，别看我一直坐在部长的交椅上，可我还是个老救援队员，跑业务肯定不会让你失望的。但是有一条说在前头，不许拖欠工资。当然头一年是创业期，我可以不要报酬。"

两个人都笑了。

金美真给李正洙打了无数次电话，可电话里只传来"对不起，您所拨打的电话已关机"的提示音。要不要给他发短信？金美真犹豫不决。前天跟他通话的时候他曾说过因为电量所剩无几，因此必须最大限度地节省通话时间。如果短信发太多，提示音或振动声会造成无为的电量消耗。她已经打了好几遍草稿，短信内容既悲伤又好笑。她觉得自从认识他以来似乎从来没有像今天这样焦虑地等待过他。恋爱的时候曾无数次地想念过他，也曾熬夜通过电话。结婚以后也时常写信倾诉思念之情，即使不是纪念日也偶尔互赠礼物来表达彼此的爱意。可如今对这个远远超越“思念”概念的等待，她不知用什么词汇来形容。她很想给这个“超越思念的等待”起个合适的称谓，可就是想不起来，她绞尽脑汁地去想。

不知思考了多长时间。

金美真突然眼前一亮，她重新拿起笔来一气呵成：

——我相信你一定能够挺住，我也在顽强地坚持下去，我们很快会见面的。亲爱的，我爱你，我太想你了。我将我的纯情毫无保留地献给你。

短信草稿写完了，可她并没有发出去，而是存在了草稿里。

能遇到意中人并不是容易的事情。
我是一个幸运的人。
我觉得能够遇见你是我一生中最幸福的事情。
我在自责，自责自己没有珍惜这个幸福。

我现在才懂得了知道你在干什么，
知道你在想什么，
是多么幸福的事情。
最高兴的事情莫过于与你一起携手散步，
我现在才懂得这个道理。

此时你在干什么？
睡觉？流泪？
还是在跟我们可爱的女儿讲我的故事？
我好想知道你在干什么。

我一直忽略了你在我身旁的重要性和幸福感。

这是因为有了“永远”这个该死的词。

比起“常常”，我更喜欢“时而”，

这也是因为有“永远”这个该死的词汇。

将来我要在我们的生活中彻底消灭“不理不睬”的行为。

我要彻底消灭对你的“置之不理”、“不闻不问”、“视而不见”。

我爱你，亲爱的。

我今天才深深认识到：

“永远”一词只配冠于“爱你”前面。

永远爱你！

被困第十二个不眠之夜写给爱妻的信

06 绝望催生的爱情

被困第十七天。

李正洙的脸已经变得苍白，颧骨也高高地凸起了。这是他出生以来从未有过的。十多天来一直坚持下来的垒砌石塔的活动今天戛然而止了。李正洙出现了抑郁症状。直到昨晚牢牢地攥在手里的希望之线在今早从睡梦中醒来的瞬间离开他的手心远走高飞了。不知怎么回事，今早一醒来，悲观和失望便一股脑儿地向他袭来。他是被早上的机器声音惊醒的，他发现机器声音并没有靠近他，而是在原地踏步不前，机器震动的强度也跟前几天没什么两样。他不禁感到绝望。从被困第十三天开始，四天来机器声音总是在一个地方响起，这使李正洙立刻意识到救援工作出现了什么差错，他简直要发疯了。

今天的机器声照样那么吃力，说明救援工作迟迟没有进展。他躺在汽车后排座上呆呆地望着黑暗的天棚。救援工作到底怎么回事呢？肚子饿的问题什么时候能得到解决呢？

他自言自语着，吃力地爬起来发动了汽车。收音机里只传来吱吱的噪音。他无力地靠在了后排座的一个角落里，收音机里这才传出了播音员的声音。音乐声响起，随着音乐声主持人用愉快的声音介绍了听众朋友们点播的内容。主持人嘴里念着听众的来信不停地发出嗤嗤的笑声。这个笑声在李正洙听起来刺耳无比。主持人还在念听众发来的无聊的信函。李正洙将头埋在两个膝盖之间等待电台的下一个节目。不知过了多长时间，他已经听到了两次节目主持人“广告之后请继续收听”的声音。又过了一会节目主持人说“感谢收听，祝您周末愉快”结束了这个时段的节目。音乐声再起，下一个节目开始了。另一个节目主持人的声音传了过来，这次不是念听众来信，而是介绍通俗音乐的节目。过了十多分钟又传来节目主持人“广告和新闻之后请继续收听”的声音。第一小节的音乐节目就算结束了。一直将头埋在两腿间的李正洙忽地抬起了头。黑暗中他将目光转移到了收音机的灯光处。几则烦人的广告之后女播音员开始播报新闻，李正洙的心激烈地跳起来了，还没做好心理准备，女播音员播报了有关救援的消息。

——据现场工作人员介绍，隧道坍塌现场抢险工作遇到了阻碍。抢险作业进行到一半的时候他们遇到了五十米厚的岩石层，现场救援人员正在艰难地凿开坚硬的岩石层。目前既不能使用炸药也不能使用重型机械。因为使用炸药有可能导致二次塌方危及隧道内的被困者，使用重型机械会威胁到施工人员的安全。在这种情况下只能利用人工开凿的方法进行抢险。指挥部正在组织一支抢险队从另一个地方挖地道，试图用两面夹击的方法解救被困者。

听到这里李正洙伸手关掉了收音机，此时此刻他无法安慰自己的心情。他想发火，可他已经没有发火的力气，就连大声吼叫的力气也没有了。他慢慢地躺下，只好用一声长长的叹息来表达心中的苦闷。睡吧，但愿就此长眠不醒，自言自语着闭上了眼睛。他盼望妻子金美真和女儿秀珍的面孔浮现在眼前，可头脑昏沉沉的，怎么也勾画不出她们的面孔。毫无意义的一天又将过去。突然有个不吉利的念头闪过了他的脑海："难道我就这样慢慢地死去吗？难道以我的死亡结束这一切？"这是他被困以来从未有过的念头，算是败者的绝望。

"时间可以让所有的一切得以平复，而我却得不到救援，老天爷为什么这么不公平？"

李正洙患上了专家最担心的恐惧症。呆滞的目光，充满恐惧的声音，心中的埋怨，濒临死亡的念头，他身心出现了恐惧症患者独有的一系列特征。肌肉开始痉挛，心跳也加剧，就像刚刚跑完百米赛程的运动员一样。眼泪也已经流干了，眼神空洞无力，与几天前环顾四周寻找消遣游戏的李正洙判若两人。他只是呆呆地望着黑暗的天棚感受临死前的恐惧。专家曾一再嘱咐要注意提防某一时刻突然产生的恐惧心理。

"李正洙，困在狭窄黑暗的空间很有可能某一瞬间突然产生恐惧心理。尽管你始终没有放弃活下去的信念，可这种信念有可能一瞬间崩溃。你一定要挺住，否则我们的救援工作将前功尽弃。面对一瞬间产生的绝望心理你一定要挺下去。”

“如果真的产生恐惧心理，我该怎么办?”

“用剩余的电量打电话，给你的妻子打电话。”

“那样就会消除恐惧心理?”

“恐惧心理到底维持多长时间很难预测。也许持续一个小时，也许两个小时，严重的话还有可能永远摆脱不掉。恐惧心理往往取决于当事人的意志，可这个意志一旦失去了就很难找回。”

尽管专家千叮咛万嘱咐，可对已经获悉外面抢险遇阻消息的李正洙来说实在是难以做到的事情。此时除了孤独和绝望之外他已经不能再想什么了。胸口发闷，呼吸困难，浑身也开始僵硬起来了。尽管大口呼吸，可肺腑却总给他发出氧气不足的信号。他的脑门上已经渗出了滴滴汗珠。他用僵硬的手开启手机电源，久久地按下了金美真的电话号码。这并不是因为李正洙想起了专家的嘱咐，而是出自濒临死亡的恐惧感。“嘟——，嘟——”手机电量不足的声音一再传来。不一会儿传来了金美真的声音。

“美真，我闷得厉害，我要闷死啦!”

听到李正洙的喘气声，金美真慌忙问道：

“你怎么啦? 快说，怎么回事?”

“浑身突然异常，我要死啦！妈的!”

李正洙使出吃奶的力气喊了一声。金美真顿感事情不妙。她想起了专家的话，如果说话急躁且无缘无故地发脾气，说明已经患上了恐惧症。专家还说如果他出现这样的症状不管他说什么一定要给他鼓气，不要跟他一起发脾气，要像妈妈对小孩子说话那样轻声细语地哄着他。金美真按照专家的嘱咐尽量压低嗓门说道：

“别急，有话慢慢说。我看你没什么事呀！不会是隧道再次塌方了吧？”

“那倒没有，可我真的要死了。心跳也加快，浑身不舒服。”

“你先挂了电话，我问一下专家。”

“别，别挂，千万别挂电话！这是最后一次通话。手机已经没电了，这是我们俩最后的通话。呜呜……”

李正洙哭起来了。金美真紧紧地咬住了嘴唇，她恨自己太懦弱，恨自己此时不能替他做点什么。李正洙对着电话向妻子哀求道：

“秀珍，秀珍呢？快让她来接电话。”

“秀珍让妈妈领回去了。正洙，我求你啦，快点打起精神来！”

“我好害怕，这里黑咕隆咚的，魔鬼从四面八方攻击我。隧道眼看就要塌下来了！”

“喂，李正洙，你要打起精神！到了这个节骨眼上你绝对不能崩溃！快醒醒！”

“身体的所有部位都不听使唤了！浑身都僵硬了，好像有人在紧紧地压着我！”

金美真也失去了理智，她像困兽一样咆哮起来了：

“李正洙，你不能这么糊涂！你一定要活下去。为了秀珍，为了我！你要是想让我活下去，就要打起精神来！”

“美真，千万别挂电话！我，我害怕，我怕得要命！”

两个人各自说自己的，谁也不听对方的话。这是最后的通话，如同战场上谁都不愿意松开战友的手一样。

“你绝对不能崩溃！你走了，我怎么办！你让我怎么活下去！别做负不起责任的事情！别想丢下我一个人自己走！你走了，我可怎么办呀！”

通话在两个人各自的叫喊中继续进行。

“要不我们一起死吧！我和秀珍一起跟你死去！我把秀珍接回来爬到楼顶从那里跳下去！你知道我为什么把秀珍送到妈妈那里吗？看着睡着了的秀珍，想想你在隧道里的处境，我真想一死了之。可我不能一个人去死，我要带着秀珍一起走！我最怕你死在我前面！你不在，这个世界也就变得毫无意义，我不想在这样的世界里活下去！李正洙，你还想死吗？那好，你死吧！咱们一家三口一起去死！”

“……”

“我知道你在那里多么辛苦，可你也应该知道我的日子也不舒服。听不到你的电话我也无法判断你是否还活着。今天会怎么样，是不是还活着？整天过着这样揪心的日子你说我的心情会是什么样子？只要听到电话铃我的心就怦怦地跳个不停。你是知道我们安然无恙，可没有你的电话我都无法确认你的死活！我知道我应该坚信你还活着，可我不能不天天为你的死活操心！我恨自己，恨自己感情如此脆弱！”

李正洙觉得呼吸渐渐恢复到正常状态，心脏跳动也恢复了正常。不知什么时候额头上的汗珠被蒸发了，僵硬的身子也多少舒缓了些，压在心里的恐惧的阴影也被金美真的吼叫吓跑了。

“你给我好好听着！活下去，一定要活着走出那个隧道！我现在清楚地告诉你，你死了，秀珍也跟着你死去，我也活不下去！我们一家全都死去！你听清楚没有！”

“……”

“回答我！别以为你的性命是你自己的。你可以放弃你自己，可别忘了你的小命关系到我们一家三口的性命。你的存在决定我们全家的死活！挺住，再难也要挺住！别再跟我说死亡之类的话，不要像小孩子那样淘气！你一旦垮下去，我们一家都会垮下去的！我说的也许苛刻一些，我说的也许给你增添心理负担，可不管怎么样你都要无条件地挺下去！你想害死无辜的秀珍吗？你想害死我们还不懂事的女儿吗？你要继续这样下去我就带着秀珍立刻从这里跳下去！你要是再说那些没用的话，我和秀珍就死在你前面！”

“……”

李正洙哑口无言。金美真的声音变得低沉了，她冷静地说道：

“我这绝不是威胁你，这是第一次，也是最后一次警告。活下去，无论发生什么事情都要活下去！”

——手机马上没电了。

——记住，每天晚上十点钟听广播。我会找电台每天这个时候给你通报外部情况的，我很清楚你想知道家里的情况和救援情况。

——原谅我说了一些懦弱的话让你伤心。不过往后我怎么告诉你我的死活？

——不用告诉我，我坚信你还活着。不管一个月还是两个月，我会天天给你发送信息的，直到你走出隧道为止。

——好，我会活着走出这里的，我会活着跟你和秀珍见面的……

嘟——！

“您所拨打的电话已关机……”

一天的救援工作结束了，可专家迟迟没有下班，他正与部长一起研究如何攻破眼下的难关。两个人绞尽脑汁提出了很多想法。部长提出趁早放弃现在挖掘的地道另开一条救援路线，可专家却提出了不同的意见。即使另开一条救援线也不能保证一定不会遇到岩石层。如果另开的线路也遇到岩石层，整个救援工作就会回到原点，前功尽弃。两个人的想法都有各自的道理。夜深了，两个人仍在伏案研究。他们最后提出了与目前完全不同的救援方案。

“部长，与其现在强硬开凿岩石层，不如大胆地去碰一下隧道入口，您看怎么样？”

“不行，隧道坍塌的危险性太高。当初不是没有想过这个方法，可就怕引发二次塌方。”

“用水泥把那些石头块全部固定住呢？”

“那是等于封死洞口，如果这样的话隧道内的空气就无法循环。你要知道李正洙现在处于非常虚弱的状态，空气对他来说是维持生命的唯一因素。还有，用水泥固定住落石，可一旦开凿洞口，那些落石还是会被震塌的。”

所有的方案都不能解决目前的状况。很多建筑师和救援队员也曾提出过救援方案，可他们提出的都是欠缺安全因素的方案。两人已是疲惫不堪，部长拿起杯子咕咚咕咚地喝下了剩下的凉咖啡。部长的办公室位于隧道下方，是在一个大型集装箱里临时搭建的。活吞李正洙的隧道以其硕大的威严俯瞰部长的办公室，似乎在嘲笑他们二人：“有种就过来试试！”部长慢慢地走到窗前，凝望怪物般的隧道。

“人类怎么会制造出这么一个怪物？”

部长自言自语般地说道。

“我也是头一回看到这样的怪物。三丰百货大楼坍塌的时候也没有像这样束手无策。抢险工作居然无从下手，真服了这隧道！”

“不过也不要太失望，有坍塌就有抢险方法。”

“我会请求增援的，多调一些能够开凿岩石的重型装备。救援分两个小组进行，现有的人力继续开凿原来的路径，再调来人力另辟新的路径。我看目前只能采取这个方法。”

部长默默地点了一下头。

“厚达五十米的岩石层，真是个怪物，简直是一座恶魔之山。”

面对不允许任何人靠近的隧道，部长也发出了感慨。两个人在诅咒恶魔般的隧道，他们从心底里恨透了这座隧道。这时办公桌上的手机原地打转转了。

“是你的电话。”

部长回头看一眼桌面朝专家说道。专家急忙走过去看一眼手机上显示的姓名，便毫不迟宜地按下了通话键。电话里传来了金美真有气无力的声音。

“我丈夫的电话已经没电了。”

“怎么，发生了什么事情?”

专家急切地问道。

“他的身上出现了您以前讲过的那种恐惧症。”

“后来怎么样了?”

“说已经有所镇静了。”

金美真说到这里停了下来。专家静静地等待她的下一句话，他已经意识到金美真在无声地哭泣。金美真停顿片刻继续说道：

“我没有放声哭出来。他和我一样也想大哭一场，可我们还是没有哭出声来。我想大哭一场，我简直要活活憋死……”

专家感到有一团热乎乎的东西从心里涌向喉咙口，可他还是硬生生地咽了下去。从事这一行几十年，他还是头一回遇到如此恶劣的抢险环境。几十年来他出生入死救出了很多遇险人员。救援活动也曾有过失败的时候，可他还是给不少家庭送去了幸福和温暖。他看过无数人流下心酸的泪水，也看过无数人露出欣慰的笑脸。可他从未遇到过条件如此恶劣的抢险现场。面对死亡，人们态度各异，有些人默默接受，有些人垂死挣扎。人们都抱着活下去的希望坚持到最后一刻。对生存的渴望，这对遇险者来说是最大的痛苦。李正洙现在还活着，可在生不如死的环境里，生存的渴望使他倍受煎熬，不，更严格一点说这个渴望正在一点一点地蚕食他的生命。事实上金美真也处于同样的境遇，她也不敢放弃生存的希望。包括部长和自己在内的事故现场所有救援人员也一样，救人的责任感、能够生存的幻想使他们在地狱般的隧道里倍受煎熬。然而再受煎熬也不能放弃，因为对他们来说营救遇险者是唯一的目标。这个目标也是他们生存的意义所在。

“金美真，想哭就哭吧，痛痛快快地哭一场吧。哭完了也许会好受一些。”

专家的声音也有所颤抖，他流下了眼泪，不是为金美真的处境所忧伤，而是懊恼自己的无能为力。金美真哭出声来了。看着流泪的专家，部长难过地扭过头去，将充满怨恨的目光投向了黑暗中的隧道。电话里传来了金美真绝望的声音：

“怎么会发生这样的事情？您回答我，在我们的生活中为什么会发生这样的事情？我真的想不明白，我们做错什么了？老天爷为什么要这样惩罚我们？您说我们做错什么了吗？难道我每周盼望他早点儿回家也是罪过吗？一家三口每周吃一顿团圆饭，这是我们唯一的期盼，难道这也有罪吗？我们为什么要受这种折磨？”

专家用自己也听不清楚的声音含含糊糊地说道：

“不是老天爷，应该说是人类肮脏的贪欲。制造这场事故的是人类的贪欲。受到惩罚的应该是那些贪得无厌的人，可怜的李正洙先生成了人类贪欲的牺牲品。”

金美真哽咽一会儿挂断了电话。独自一人的家显得更加空旷。问题出现在哪一个环节上呢？金美真静下心来仔细回忆。如果李正洙稍微晚一点下班，不，如果稍微早一点下班也就不会发生这样的事情。不，应该说他们单位稍微早一点让他回家，不，稍微晚一点让他回家也就不会发生这样的事情。她的思绪不禁朝着埋怨他人的方向发展。她瘫坐在客厅地板上望着墙上的全家福照片。现在留在家里的只有她一个人。女儿秀珍和丈夫李正洙都不在她的身边。

泪水一旦开闸便收不住了。她那原本粉嫩红润的脸颊已经变成荒凉的沙漠，体重急剧下降，双臂已是瘦骨嶙峋，活像饥饿的非洲难民。每天的睡眠不足三小时，她的眼圈早已发黑，眼神也变得疲惫不堪。失眠症和厌食症并发，脸色苍白，嘴唇发紫。因经常咬嘴唇，下嘴唇好几处已经破裂。她没地方可去，可整天坐在家里简直要发疯。她拿起了手机。明知道李正洙不可能收到，可她还是不停地发送短信。爱你，等你，想你，晚十点务必收听广播……发完短信她又给他打起了电话。按照电话提示音她按下了一号键。

“听到提示音请留言。”

嘟——

“是我。我该说什么呢？是的，该说的都已经说过了，没必要再说什么。不如痛痛快快地哭一场。我跟你说的那些都不是真心话，不仅没有安慰你反而说了一些伤你自尊心的话，实在对不起。等你出来咱们一起去买瓶红酒，我们一起喝。别忘了我在家里等你回来，苦苦地等着你回家。我天天摆好酒桌等你回来，快点回来吧。困难再大也要挺住，无论如何也要坚持到营救的那一天。”

亲爱的美真

“我为今天的事情感到羞愧。我明知道你也很难过，可我却像小孩子一样缠着你不放，你当时的心情该有多么痛苦？现在手机没电了，我知道你仍在担心我是不是还像刚才那样发疯。我发誓我再也不会那样做。我应该给你力量和勇气，这样你才能安下心来吃饭睡觉。我现在想象你看到我这封信的情景。是哭鼻子，还是露出灿烂的笑脸？我想这两者都有，又哭又笑，然后过来抱住我。我是个大男人，看在你和秀珍的份上应该战胜眼前的困难，可我没有做到。这还是最后一次通话却让你如此失望，我实在痛恨自己的软弱和无能。我应该多跟你谈一些幸福的事情，好让你安静下来……

你放心，我不介意你刚才说过的那些话。你用颤抖的声音跟我说话，我立刻变成一个做错事的小孩儿，也从恐惧的恶梦中醒过来了。

听到你颤抖的声音，我真想立刻跑过去拥抱你。听得出你发出的是绝望的声音。不管哪一天，只要从这里走出去，我将跪在你脚下谢罪。

我能想象到你该有多么痛苦。就像你说的那样，我的生死关系到我们一家三口的生死，现在你正在身负拯救一家三口的重任。我完全能够想像得出你承受了多大的心理压力。你天天为我担心，而且从现在开始电话联系也中断，你将陷入更大的痛苦之中。明知你所承受的心理压力比我大得多，可我还向你发泄心中的不满，我简直不能容忍自己愚蠢的行为。

不过你放心，我会挺下去的。你说为你也要挺下去，我现在想好了，我要为我自己挺下去，为守护你我之间的爱情，为更长久地陪在秀珍身边也要挺下去。我一定会战胜这个隧道的。

相信我，我一定会挺下去的，至少会挺到这封信传到你手中的那一天。

真心希望你能睡个安稳觉。

真心希望你能露出笑容。

真心希望你能吃一顿饱饭。

你还记得我们刚结婚的日子吗？当时你因为不能适应周末夫妻的生活而失眠、厌食、抑郁，当我骂你太笨迟迟不能适应这种生活，你却说你就是太想我，你就是无法打消想我的念头。我想如果我现在要你适应这种环境，你可能还会说无法打消想我的念头，是不是？明知道过不了多久就能出去，可你还是为我操心，我真的过意不去。我会好好照顾我自己的，希望你也好好照顾你自己和秀珍。心烦的时候多想一些愉快的事情，多做一些愉快的事情。

我想起了苏在沅作家的一部小说，就是你喜欢的那个作家。他的小说里有这么一句话。

——星星远比钻石珍贵，可人们就是不理睬星星。这是因为星星每晚都能出现在人们的视野里。如果说星星明天就要消失，人们就会以恋恋不舍的心情整天望着星星的。实际上我们的缘分也一样。

困在隧道里常常想起这句话。我一直以为我们之间不会出现离别之类的事情，一到周末就能见上面的念头使我淡漠了对你的珍惜。今天发生这样的事故，也许是老天为了提醒我而特意安排的一次机会。我不要别的，我只要你待在我身边，我一定会走出这个隧道和你一起欢笑的。

今天就写到这里，真心爱你。”

不争气的丈夫

07 各自的期盼

金美真

他被困已经十九天了。一大早我就开始忙乎起来了。我决定亲自去一趟首尔的广播电台。虽然通过网络发送了我的想法和要求，可至今杳无音讯。一想起在隧道里孤立无援的他，我再也坐不住了。坐火车也能去首尔，可我还是决定打车去。因为无数前来采访我的记者们已经把我家包围得水泄不通，我一出现，他们就扛着摄像机追我。

出租车马不停蹄地向首尔木洞（木洞，首尔一地名——译者注）奔去。出租车司机似乎认出我了，不停地回头看我。到了一处高速公路服务区，出租车司机停下车给我买了一瓶饮料。

“您就放心休息吧，我一定把您安全地送到目的地。”

说着，他递给我一条毯子。停车仅几分钟，记者们就围过来了。他们隔着车窗大声问我去哪里。我想他们都在希望我到那家建筑公司大闹一场。他们个个都是唯恐天下不乱的人，都想看到我和这个社会顶层人物抗争的热闹场面。我用毛毯遮住了面孔。出租车司机说道：

“我会甩掉那些家伙的。您说的是广播电台吧？好，我们这就出发!”

出租车司机用熟练的驾驶技术甩掉记者上了高速。记者的吵闹声远去了。司机看我一眼说道：

“我不知跟您说什么好，我也不会说话。我只想说您一定要挺住。我今年五十二岁，我也是孩子的父亲，而且是个快要当爷爷的人。所以我更能够理解您和您先生此时的心情。”

我没有回答他。这是我天天听到的安慰话，如今这些话已经听多了，根本不当回事。出租车司机不管我回不回答继续说道：

“我也是建筑工地出身，以前是工地测量车司机。虽然我们的公司也是一家大企业，可我是一个开车的，几乎天天往工地上跑。修筑地方公路或住宅区，我们往往住在工地上，而且一住就是好几个月。我改行开出租车也就是因为这个原因。开出租车中午可以回家吃饭，晚上下班也可以回家住，天天都能看到家人。直到现在我还严格遵守下班时间。当然，今天这是跑长途，中午就不能跟家人一起吃饭了。虽然没有以前挣得多，可我还是非常满足。当政府的个体出租业政策出台的时候我们全家都高兴坏了。我这辆出租车的第一个乘客就是我老婆和孩子们，我想拉着他们跑到天涯海角。我想您应该理解我当时的心情。”

我悄悄地撩开毛毯看了一眼司机的面孔。此时司机的脸上充满笑容。他没有扭头看我，只是注视着前方继续说道：

“我结婚已经三十年了，下周就是结婚纪念日。为了给老婆买礼物，我瞒着她设了个小金库。就是每天加一小时班将那一个小时的工钱都攒下来。可今天我算是给老婆送了一个最好的礼物。看着有关您的新闻，我老婆也哭过好几回。把您安全送到目的地是我今天送给老婆最好的礼物。我已经决定了今天免费为您服务，包括返程。给您提供免费服务是我送给老婆的最好的礼物，您必须接受我的免费服务。”

这是一席充满同情和爱心的话语，就连他微笑的眼神也充满亲切的爱意。

我紧紧地咬住嘴唇，硬是忍住了泪水。我曾下过决心，往后不要在陌生的安慰者面前轻易地流下泪水，可此时我又控制不住了。我突然产生了与这位司机继续对话的念头。我已经把这位司机当成是一个可信赖的人，想从他那里多听听安慰的语言。我很想跟他多说两句，可不知道说什么好。司机也没再说什么，专注前方开车。出租车在他熟练的操纵下毫无阻拦地向前疾驰。看得出他是想方设法早一点把我送到目的地。我用颤抖的声音向他说了一句：

“师傅，我能给您的夫人打个电话吗?”

“啊?”

司机扭头看了我一眼。看到我流泪他似乎很慌张，急忙拿出面巾纸递到我面前。我重复问了一遍：

“我，能不能和您的夫人说两句话?”

我这张不争气的嘴为什么要说出这样的话呢？我为什么要依赖别人的安慰呢？奇怪的是我并没有感到羞耻，也不觉得脸红。司机二话不说从兜里掏出手机按下了1号键。电话接通了，司机对着手机说道：

“喂，是我。车上有一位女乘客想跟你说两句话。虽然你们没见过面，可听到她的声音你马上就会知道她是谁。等一下，我把手机给她。”

司机将手机递给了我。我刚说一声“您好”，对方就听出了我的声音，“哎呀，原来是你呀”，便自己先哭出声来了。我也止不住放声哭了起来。此时任何一句语言交流都是多余的，对方的痛哭声就是无言的依赖和依靠。有人为我哭泣，有人陪我哭泣，这本身就是对我莫大的安慰。司机放慢了车速。就目前的处境来说，我不仅得不到家人的安慰，反而还要由我来安慰家人。在这个特定的环境中，来自一个陌生人的安慰居然具有如此大的感召力。我哽咽着，语无伦次地说道：

“一天天的等待，我实在是太累了……”

“呜呜……呜呜……”

“他的手机也没电了，我让他每天晚上听十点钟的广播节目。已经过去一天了，可十点钟的广播节目里没有提到我们半句。没办法，我只好亲自去首尔。我要当着他们的面求情，他们兴许能满足我的要求。我必须向我丈夫传达我的消息。我的要求不高，我只是想给他送去一丝活下去的意志。可现在……我太累了。”

“哭吧，没关系的。你把心里的事情统统跟我说吧，我陪你一起哭。我看你也就比我女儿大一点儿，就把我当作妈妈哭个够吧。嗯，把我当成邻家的阿姨也行。”

我的泪腺彻底失控了，止不住的眼泪像断了线的珠子没完没了地往下掉。泪腺失控了，心里的话匣子也开闸了。

“他正在生死线上。恐惧症是一种被困者容易产生的病症。听专家说他已经患上了恐惧症。他现在生不如死。我对他发过火。对着濒临死亡的人我不仅没有安慰他，反而跟他发脾气。我真的害怕，怕他就这么死去。我真的害怕他就这样死去。”

电话那边哭得比我还厉害。双方的哭泣声奏成了一曲悲壮的交响曲。听着我们的对话，司机也早已哭成了泪人。

“到了首尔，他们一定要听我的话。电台无论如何也要把我的话传给他。要是他们不听我的话，你说我该怎么办？我和我丈夫已经约好了，到了晚上十点我要准时把我们这里的情况告诉他。他也答应过我，有我的声音他肯定能够活着走出隧道。如果我失约，他也会跟着我失约的。他的失约意味着什么？他的失约意味着死亡呀。我害怕，我真的害怕。”

“……”

“我该怎么办？这样的时候，你说我该怎么办呀……”

哭也哭了，说也说了，堵在心里的东西好像有所解开了。对方没有给我拿出什么解决办法，只是跟我一起哭泣而已。我们一起哭，哭了好一阵子。哭够了，时间也流逝了很多，我觉得心里有点儿轻松了。在哭声中，出租车也到了位于木洞的广播电台。我道一声谢谢将手机还给了司机。司机跟妻子说几句话之后将车子直接开到电台地下停车场。我说我就在这里下车，可司机却说：

“我老婆吩咐我一定要跟你一起上去。我说过了，今天帮你是我给我老婆的礼物。”

司机停好车以后跟着我上到了大厅。大厅里有很多人，他们都行色匆匆。其中也有不少是在电视里见过的面孔。我和司机环视周围不知去哪里好。突然司机给我指了一下保安站岗的地方。

“那里好像是广播电台，我去问一下。”

说完，司机快步走到了保安身边。看两个人推来推去的样子好像在争吵什么，我慢慢地走了过去，在还有五步远的地方停下了脚步。我听到了他们争吵的内容。

“为什么不行？请求电台播放一条紧急事件也不可以吗？你知道我们到这里来花了多长时间吗？”

我们？多么亲切的词汇！我都想不起来最后一次使用“我们”一词是什么时候的事情。爸爸和妈妈，还有我，一家人在一起的时候使用过“我们”这个词；我和正洙，还有秀珍在一起的时候也使用过“我们”。现在“我们”一词突然变得很陌生。头一回被一个陌生人称呼“我们”，我心里泛起了阵阵涟漪。把别人的不幸当作自己的遭遇去帮助的人们，不正是由众多陌生人组成的“我们”吗？

“不行啊，节目编辑和制作人都没来呢。他们8点钟才上班。再说这里是闲人免进的地方，外部人员禁止出入。”

“这是什么广播电台？给远方出事故的丈夫捎个口信也这么难？”

司机有些强词夺理。我悄悄走过去站在司机的背后诉苦般地说道：

“我的丈夫被困在了隧道里，现在他的手机也没电了。他在那里唯一能听到的就是汽车收音机，但隧道里信号不好，只能收到贵台的信号。求您啦先生，请帮我救救我丈夫吧。”

四周突然安静下来了。我说的话正好被路过这里的一位熟悉的面孔听到了。原来是位著名的笑星，他似乎来电台录制什么节目。周末偶尔与丈夫出门，在汽车收音机里听到过这位笑星的节目。笑星停下了脚步。

“你是隧道事故中被困者的家属？”

我成了落水挣扎的人，而这位笑星则成了我的救命稻草，我立刻点了点头。他一把握住了我的手。

“现在都已经二十天了，手机应该没电了吧？”

笑星吩咐身边的经纪人给我买来一杯热咖啡，然后转身向保安说道：

“我带她进去。”

我和司机跟着那位笑星走进了广播电台。笑星指着电梯说道：

“晚上十点的话是我师兄的节目。我们先进去等吧，我给他打电话看看。”

笑星拿出手机拨通了电话号码。电话接通了，笑星说一句“还没起来？”便开始聊了起来。似乎是非常亲密的关系，打电话也不问候一声就直接谈起了我的事情。一提起隧道事故似乎对方也早已知道，双方的谈话进行得很顺利。最后笑星说了一句“被困者的妻子就在这里，你还是赶紧过来吧。”沉默片刻，手机里传来了“知道了”的回话声。我默默地看着笑星。笑星的嘴角上露出了一丝笑意，我和司机也露出了会心的笑容。

“他马上过来，不会有什么问题的。您二位听着我的节目等一等吧。走，我们一起去演播室。”

也许是出自对我的同情，笑星的态度非常亲切。同情也好，怜悯也罢，对我来说他们都是困难的时候拔刀相助的贵人。笑星带着我们进了演播室向那里的工作人员做了介绍。

“这位是隧道事故被困者的家属。”

笑星的介绍虽然简短，可大家的视线一下子集中到了我身上。我低下头静静地坐在椅子上。笑星的节目没有什么开场白，直接进入了直播。笑星走进小小的直播间，头戴耳机，利用插播广告的时间看了一遍事先准备好的台词。广告结束了，笑星跟听众们聊起了令人难耐的酷暑，突然，他停了下来。节目制作人和编辑在窗外慌忙打着手势，示意他继续进行下去。笑星的目光突然转向了我。

“各位听众，今天我这里来了一位客人。”

笑星的声音突然变得低沉了。节目制作人猛地转身盯着我。我避开他的眼神望着直播间的笑星等待他的下一句话。笑星沉着地说道：

“隧道坍塌已经过了二十天。现在被困者的妻子来到了演播间。丈夫的手机电池已经耗尽，她到这里来就是想通过我们的电波向丈夫告知外部的情况。隧道内信号很弱，只能接收我们的频率。在此我想向广大的听众朋友求助，请问大家信不信神?”

节目制作人的目光也转向了笑星。包括司机在内，演播室里的所有人都在等待笑星的下一句话。我想此时收音机旁边的听众也跟我们一样竖耳聆听这个节目。

“如果以前没有信过，那么我请求各位至少今天相信一回。让我们一起向神祈祷吧。这是一个十分平凡的家庭，也是一个非常幸福美满的家庭。我请求大家一起向神祈祷。尽管被困者与我们每一个人无关，可我希望今天我们为这一家人祈祷。准确地说，到今天是第十九天。让我们一起为十九天来与死神搏斗的被困者祈祷吧。他没有做错什么，他只是一个下班想早点与家人团聚的普通家长，是想看着女儿成长，想与心爱的妻子共享晚餐的最普通的父亲和丈夫。虽然是很普通的男人，可又是一个非常珍贵的生命。因为很普通，所以更真切。我们只祈祷一分钟。这一分钟虽然没有一句话，可每个人的心里却装着说不尽的同情和怜悯。我这是私下决定改变节目内容，如果因此受到处分，我心甘情愿。如果听众朋友因此批评我，我也毫无怨言。不管您心里装的是哪个神，我只希望大家用同一个心情祷告。爱心之神会将每个人心中不同的神汇集到爱的伊甸园里，在那里诸神会向隧道里的被困者伸出援手的。现在我们开始祈祷。”

演播室陷入了沉默之中。节目制作人双手合十静静地闭上了眼睛，众人也低下了头。一分钟很快过去了。不知是谁轻声说了一声“阿门”，大家都睁开了眼睛。大家的目光重新落在了我的身上。笑星也睁开眼睛，用清亮的声音说了一句：

“他会回来的，您的丈夫一定会回来的。”

人们慢慢地围过来安慰我。此时我感觉到有很多人与我同甘苦共患难，我的心里突然产生了一股无名的信念。我再也不是孤身一人。

演播室的节目留言屏幕上顿时充满了有关隧道事故的回帖，各种短信也随之而来。有的短信说他们在办公室里做了集体祈祷，有的说在工作间隙偷听广播以后偷偷地祈祷，有一家加油站包括老板在内所有前来加油的车主一起祈祷了，马路上行驶的车辆也在同一时间鸣笛致意。

正洙平安回家并不是我一个人的心愿，是千万个家庭的心愿。这个世上拥有家庭的所有人都在急切盼望着李正洙能活着回家。

我和司机在笑星的带领下来到了电台职工休息室。晚十点节目的主持人已经在这里了。看见我们一行进来他热情地向我伸出了手。

“我也祈祷了，他会平安归来的。”

他那只有力的手给我传达了无形的力量。我也紧紧地握住了他的大手。笑星端来了一杯咖啡。

“再等一会儿，我的节目制作人和编辑也马上就到。给我们发过短信了？我们怎么没有看见呢?”

节目主持人用自责的口吻说道。

我对节目主持人恳切地说：

“他现在挺得很吃力。我在这里有很多人陪着，可他在隧道里孤身一人。他一个人在那里坚持了十九天，已经筋疲力尽了，他在艰难地度过每一秒钟。我很想安慰他。”

“放心吧，我已经跟节目制作人和编辑沟通好了。你已经跟他约好让他注意收听晚十点的节目，对不对?”

听到他满有把握的口气，我用力点了一下头。

“因为是夜间节目，开场白直接进入正题。您也不要太难过，我会全力以赴的。好了，别再哭了。”

一天来没有喝上一口水也不知哪来那么多的眼泪。我真不敢相信人的泪腺竟能生成这么多的泪水。看来人的泪腺是永不干涸的。我擦了一把眼泪。

“他不是还活着吗？别灰心，加把劲儿！”

笑星也插了一句。是的，必须忍住泪水，一定要忍住。笑星说的也不是什么特别令人激动的话，可该死的泪水还是夺眶而出。

“到底是不是还活着，我也不敢断定，因为今天一整天没有联系，不知道他的死活，我简直要发疯了。他还活着吧？他不会死吧？”

提出这个问话的应该是他们，可不知怎么回事我倒问起他们来了，我希望他们给我做出他还活着的答复。似乎商量好了一样，节目主持人、司机、笑星异口同声地说：

“他肯定活着！”

出租车司机补充道：

“他肯定会坚持到被营救的那一天，他正在等待那一天。”

他们都在坚信他还活着，坚信他为了我和女儿秀珍正与死神顽强地搏斗。然而真正不相信的却是我，我觉得他们是在安慰我，安慰我即将要崩溃的心灵。

李正洙

前天美真让我注意听广播，可广播里没有任何消息。到底发生了什么事情呢？我万分焦虑。明明说好了晚上十点播出关于我的报道，可别说关于我的报道，就连对隧道事故也没有一字半句。我又熬过了一个不眠之夜。我还以为听错了时间，于是从上午开始就一直在听广播，可除了新闻节目以外没有半句关于我的报道。新闻给我带来的是绝望，我的思维也与几天前不同，总是朝着否定的方向发展。可我还是要等下去。我已经是落入大海的人，哪怕有一根稻草也要牢牢地抓住。我只好认为是我听错了，也许不是晚上十点，而是上午十点。也许连十点的这个时点也听错了。我一门心思在收听广播。机器噪音从昨天的位置移动到隧道的下方，相反的方向也开始传来不同的机器声音。机器噪音太大，我无法集中精神听广播。

机器声音突然停止了，又到了中午十二点。在死一般的寂静中我浑身的神经全部集中在了收音机上。

广播的内容五花八门，我仔细听着每一个节目。这会儿收音机里播出的是有关酷暑的话题。这是我和美真经常收听的节目。

——在炎炎酷暑中不厌其烦地发送垃圾短信、诱惑人们进入高利贷市场的骗子大人们，像今天这样的高温天气委实是个杀人天气，也是你们到上帝那里去报到的好天气！赶快去报到吧，骗子大人们！

搞笑节目主持人用诙谐幽默的语言诅咒那些网络骗子。我和美真的笑点也一样，每当主持人说到最幽默的句子的时候我们两个人会同时发出噗嗤的笑声。如果美真也在听这个节目的话，准会笑出声。

突然主持人的话音中断了。信号没了？怎么会在这个节骨眼上没信号了呢？我立刻移动了一下位置，还好，不是信号的问题，主持人的声音重新传过来了。还是个著名的主持人呢，怎么会出现这样的低级失误！

然而我的判断完全错了。天啊，这世上还有比这个声音更动听的吗？主持人的声音虽然很低沉，但却是我这辈子最喜欢听的声音。原来我的妻子，我心爱的美真直接找到电台去了。主持人提议所有的听众一起为我祈祷。主持人还说电台留言屏幕上也全都是为我祈祷的留言。主持人似乎知道我在收听，用铿锵有力的声音向我说道：

——我想你正在收听我们的节目。你一定要挺住！所有的听众已经为你祈祷了，如果你在那里坚持不住的话首先由我来重重地惩罚你。你必须等到被营救的那天，等走出隧道再接受我的重罚！我们约定吧，一定要活着出来接受我的惩罚！你的夫人昨天给我们节目组发过短信，可我们没有留意到，于是她亲自来到电台，请求我们通过这个节目向你传递信息。从今天开始每天晚上十点我们将准时播放这个节目，请你放心睡觉吧！我在这里能够看见你现在的模样，你一宿没睡，而且正在一把鼻涕一把眼泪地等待这个节目，对不对？好啦，请你关上收音机安安心心地睡一觉吧。睡吧，睡吧，我的好宝贝。

我不禁笑了出来。主持人幽默的语言，美真就在身边的满足感使我从郁闷的阴影中走了出来，重新鼓起了生活的勇气。

不知什么时候睡着的，梦中被营救出来抱着美真大声喊叫起来了。我苦笑了一下，我甚至怀疑这不是梦。黑暗还在吞噬我，我的心情阴郁不堪。我支起上身打开了车锁。是不是已经过了十点呢?绝望的阴云顿时烟消云散。时针指向了九点半。我不禁长长地吁了一口气。我尽情地欣赏了收音机里播放的音乐。阴郁的欧洲叙事曲在我的耳朵里变成了浪漫的爱情小夜曲。听着令人惆怅的离别曲我在暗地里为自己庆幸：还是和心爱的人在一起最幸福。时间过得很慢。从八点开始一直到十点结束的这个节目原本是我比较喜欢听的节目，可今天却显得特别拖沓冗长。我心里盼望着十点的到来，目光不停地转向了手表上。音乐节目终于结束，开始播放了广告。这广告也真多，真想向电台提出抗议。我心里暗暗发誓，出去以后一定要向电台提出强烈的抗议。

十点整，一则广告之后传来了主持人甜蜜、低沉的声音。是美真的信！主持人念的是美真今天写给我的信！眼泪不知不觉地流了下来。遗憾的是收音机里传出的不是美真的声音，而是主持人的声音。

——你听到了吗？估计白天的节目也听到了吧？昨天给电台发过一则短信可他们没有播出，今天我直接找到电台来了。电台的负责人说直到你被营救为止天天向你播报当天的情况。今天一天发生了很多事情，我都不知道今天一天是怎么度过的，当然眼泪也流了不少。坦率地说整天联系不上你，我心里急得要死。是死是活都不知道，你说我能不着急吗？可大家异口同声地说你肯定还活着，而且肯定能够活着走出隧道。按理说最应该坚信你活着的是我，可我却不敢相信你还活着，我在一个劲儿地埋怨自己太不争气。很多人正在为我们呐喊助威，所以你一定要坚强起来。以前我要你天天坚持减肥锻炼，往后我再也不说那样的话。我会让你尽情地吃你喜欢吃的东西。我天天给你做你最喜欢吃的五花肉，以补偿你这一段时间的饥饿。我不让你再尝到饥饿的痛苦。现在我也该回家了。今天我打算把秀珍接回来。你马上要回家了，我得收拾乱糟糟的屋子，厨房也要擦干净，还要把秀珍送到幼儿园去。我要做好迎接你的准备。可卫生间我就不管了，因为我们以前说好了，收拾卫生间是你的份儿。这段时间一直没有打扫，收拾卫生间可能要费一番功夫，你要做好心理准备。电台负责人说过我的信只限三分钟，可我要说的太多太多。不过我们还要感谢这三分钟，我会做好一切准备迎接你的。快回来吧，亲爱的。

美真的信念完了，紧接着收音机里传出了音乐声。是我和美真最爱唱的男女声合唱“他和她”。我恨不得立刻走出这个隧道，跑到美真身边紧紧地拥抱她。我的脑海里突然闪过了一个念头，此时此刻美真也在跟着唱这首歌。

——姑娘啊，与我携手踏上爱情之旅……

我轻轻地哼起了男声部分。我敢肯定美真也在轻声哼唱女声部分的歌词。我一时忘掉了饥饿，因碳水化合物不足而松弛的肌肉好像也恢复了弹力。我开始放声唱起来了。虽然我们俩身处不同的地方，可在这个瞬间我们用同一个声音唱着同一首歌。虽然暂时分离，可两颗相爱的心却永远在一起。

亲爱的美真

“我非常期待你能早点看到这封信。也许我活着走出这个隧道人们会说是个奇迹，可我不想听这样的话。我希望人们理所当然、平平淡淡地对待这件事情。你想想看，这世上哪有一个家长丢掉自己的责任和义务心甘情愿地接受死神的邀请呢？这点事故算不了什么，权当一场玩笑。在我们的爱情之旅上，这只是一个小小的插曲罢了。

听着收音机我仿佛看到了你美丽的脸蛋儿。如果因这次事件弄坏了你漂亮的脸蛋儿，我出去以后可不会饶过你的。你要是想得到我的原谅就必须坚持美容养颜，等我从隧道出去的时候用漂亮的脸蛋儿来迎接我。我早已做好了从这里出去时接受记者采访的准备。这几天除了垒砌石塔以外又多了一个兴趣。我出去以后肯定有不少人问我是怎么挺过来的，我就堂堂正正地回答他们挺过来的原因只有一个，那就是为了守护心爱的女人。我还要面带微笑从容地回答这是我应尽的义务，没什么可宣扬的。作为一个男人，作为一个家长，作为一个丈夫，这是必须要做的事情。我不会被这点困难击垮，这点困难对我来说算不了什么，这几天我还能冲澡呢。隧道好像倾斜了，原来的泉水流向发生改变，开始往洞口处流下去。我用隧道里的落石建造了我自己的浴室。透过沥青渗出来的水好像有毒，洗完澡浑身发痒，还出现许多小斑点。不过总比不洗强。如果出去的时候脏兮兮地出现在大伙面前，只能引来众多同情的目光。我不喜欢人们向我投来同情的目光。你等着瞧，到时我会干净利索地出现在镜头前面的。虽然瘦了很多，可总比以前大腹便便要好看一些。你放心，我不会让你失望的。我会以坚强的毅力挺下去的。还有，如果把我写给你的这些信件全部积攒下来的话足以成为一本书。我们把这些信件编辑成一本书怎么样？我想肯定会成为畅销书的。别看我有些窝囊，可文笔还是可以的嘛。想当年骗取你的芳心不也是凭着我这一手文笔吗？啊，说到这里，过去的事情一件一件地浮现在眼前。我以师哥的名义天天把你骗出来，不是让你干这干那，就是逼你喝酒直到喝吐为止。还记得有一次你喝醉酒跟我耍酒疯，说不要这么折磨我，要是喜欢我就痛痛快快地说出来，总这样想说又不说，我真受不了。当时我羞愧得简直无地自容，小脸比你喝醉酒的脸还要红。可我还是感谢你的这句话，因为有了你的这句话，我才鼓起了勇气向你表白。后来我要服兵役了，可你不知道当时我是多么不想去。我知道现在的女孩子说变就变，谁敢保证以后你还是我的人？可后来的事实证明我的这个想法是完全错误的。当时我就想好了，这一辈子我要把你当成我最信赖的人。我参军的那一天你就休学了，等到我参军一百天回家休假的时候你租用一间小小的展厅举办了个人作品展。当时我受到的感动恐怕这一辈子都忘不了。作品展标题是‘献给李正洙的礼物’，展出的作品都是我的画像。人们说男人参军后心肠都会变软，没错，我也为你流了不少泪。我长得丑，最后连一幅作品都没有卖出去，可这是我一生最美好的记忆。教授们一致称赞你的作品非常出色，有些教授称赞你是写实主义画家，甚至有些教授还劝你留学深造。你完全可以留学深造，可我阻挡了你的发展之路。怕你出国留学我一个劲儿地催促我们俩的婚事，明里暗里逼迫你抛弃自己的梦想。现在想来我还是对你不够信任，是个利己主义者。你是那么信任我，可我却没有信任你。我已经想好了，这次出去一定支持你的事业，让你继续画画。留学嘛，当然是等到秀珍长大能够自理以后的事情。往后我们再也不要分离，哪怕你留学我也跟你一起去陪读。

回忆可以让过去的事情在脑海里得以重现。在分离的这段时间里我们一起重温过去的日子，在脑海里再次享受一下过去的美好时光。过去的时光实在是太珍贵了。

不要忘记过去的时光，

不要忘记过去美好的时光。

让我们在记忆的海洋里重新回到过去的时光。”

与你共度一生的丈夫

专家

十九天，并不是短暂的时间。李正洙现在还活着，我不能不为这个事实感到惊讶、感叹。三丰百货大楼抢险是我入行后的第一次实战。当时有个十九岁的少年创下了十七天的最长生存记录，舆论为此沸腾。李正洙已经生存了十九天，是靠含有维生素的水和自己的尿液坚持下来的。人类真是个极其残酷的动物。每次发生恶性事故，总有人想把事故当成往自己的脸上贴金的机会。每次的抢险活动与其说是营救幸存者，不如说是为自己争功夺利的最佳机会。对幸存者寄予希望不是为了幸存者，实际上就是为了把握自己摇身一变成为英雄的瞬间。因此，从这个意义上说，给我们带来荣誉和自豪的就是幸存者。有一家媒体披露有些人甚至围绕着李正洙的死活下了巨额赌注，这是超越底线的人类肮脏的本性。

我也是个依附于权力而生存的寄生虫，也许我也跟那些人没什么两样，渴望通过一场奇迹般的营救来炫耀我自己的能力。一个身无缚鸡之力的女人正在发出绝望的呐喊，一个孤立无援的男人也在发出临死前的悲鸣。他们的呼唤莫名其妙地激发了我的热情和意志。我作为一个权力的寄生虫，是不是也和那些人一样渴望用被困者的痛苦来换取我的荣誉呢？

岩石层已经被凿开了，他们正在夜以继日地开凿岩石层，可该死的岩石层越凿越坚硬，死死地压住李正洙不肯放开。李正洙到底能坚持多久？如果营救失败舆论该怎么谴责我？营救失败，李正洙的夫人成为舆论同情的对象，而我则成为被人戳脊梁骨的千古罪人……我的思绪又陷入那些丑恶的私念之中。对我来说最重要的是李正洙的生存，我的义务和信念只有一个，就是让他安全走出隧道重见天日。最不能容忍那些龌龊、丑恶的私念的人正是我。

我正在体会一场新的经验。看着李正洙和他的妻子我反倒更想依赖于他们。尽管在大学里学过很多营救知识，可面对今天的救援现场我却无计可施，以至失去对过去所学知识的信赖。李正洙到底是不是还活着？长时间的饥饿无疑使他极度虚弱，很容易引发心脏麻痹而导致死亡。

挖掘地道接近他的时候迎接我们的是不是一具冰冷的尸体呢？随着时间的流逝，抢险队员们的信心正在一点一点地消退。当人们听到手机电量已经耗尽的时候，他们就意识到李正洙的生存概率已经接近于零。尽管试图加快施工进度，可正因为失去了营救信心，所以施工进度也基本上原地踏步。眼下一天只能挖掘五米左右。按这个速度挖下去还需要十天左右的时间。李正洙能够坚持到那个时候吗？这可是漫长的二十九天的时间呀，即使去掉有食物的前三天，也有二十六天的时间处在断粮的状态。用维生素和基本营养剂维持生命，最长也只能坚持十五天的时间。如果是这样，今天是最关键的一天。他会怎么样呢？是不是昏沉沉地睡过去再也不会醒来呢？

一天的工作结束以后，我没有立即下班，而是在办公室里搜集了有关地质灾害中的生存记录。

仅靠三丰百货大楼的例子下结论未免太牵强，我想搜集更多的资料试图得出更具积极意义的结论。遇险者生存最重要的因素莫过于水和食物。完全断粮断水条件下的最长纪录是飓风卡特里娜中生存下来的新奥尔良市一位七十多岁的老人。他的纪录虽然与三丰百货大楼事故中的十九岁的年轻人相似，可从他的年龄上看这不能不说是一个奇迹。我又寻找了没有完全断粮断水条件下的纪录。海地地震中有个叫伊万·奥西尼亚的人在废墟里坚持了二十七天。这是最长的生存纪录。仅凭一点水坚持这么长时间不能不说是人类的生存极限。李正洙也能像他一样坚持下去吗？当然李正洙的生存条件比海地的那个人要好一些，他还能喝上含有维生素的水。

但愿李正洙能够坚持到我们的出现。

李正洙，你一定要坚持下去。为了你的妻子和女儿，也为了我。

08　何谓正义！

李正洙被困第二十五天。

——因急救车无法驶入村庄，得不到及时医治，昨天和今天有两名山村老人相继去世。为了营救隧道被困人员，打通隧道工程一再推迟，就连隧道旁边的原有山路也被禁行，任何车辆都不能通行。村里的人们只好眼睁睁地看着两位老人离开这个世界。

随着这一则报道，舆论发生了逆转。

起因是前天和昨天发生的两起老人病故事件。一座建有原子能发电站的山村里，有两位老人因心脑血管疾病相继去世了。如果通过隧道，从该山村到最近的大医院只需三十分钟，即使走原有的山路也用不着多长时间就可以到达邻近的大医院。

原有的山路紧挨着隧道绕行，在隧道口与新修的国道分岔。如果隧道二次坍塌也会威胁原有山路的安全。因此，隧道坍塌以后，当局把原有的山路也关闭了。这样一来，整个山村也就处于封闭状态。山村的老人几乎都患有一般医院很难医治的疾病，隧道和原有山路就是他们去村外大医院看病的通道，现在仅有的两条生命线都被堵住了，当地居民的怨声自然就增大了。

目前的舆论正偏向于被困者一方，山村居民有苦难言。随着两位老人的去世，村民们终于忍不住了，他们委派村长前往电视台反映了目前村里的情况。面对记者的采访，村长诉说了他们的苦衷。“被困者的生命固然很重要，可我们因此付出了两条生命的代价。为了拯救一条生死不明的生命而失去两条完全可以拯救的生命，这也算合乎情理?”村长的呼声极具影响力，舆论很快发生了动摇，门户网站议论纷纷。

李正洙与外界失联已经过了很长时间，有一个自称当过抢险队员的人在电视里说，现在已经超过人类能够坚持下去的极限时间了。不能放弃被困者和不能因此无视孤寡老人生命的两种意见针锋相对，互不相让。各媒体也纷纷修订了原定营救节目的主题，舆论围绕着生命的营救义务和村民基本生存权利展开了激烈的讨论。为拯救一条生死不明的生命而牺牲两条完全可以拯救的生命，这到底合不合理?舆论开始用生命的个数来讨论营救意义。一条和两条哪一方更宝贵，双方讨论已经到了白热化的程度。

这是一个没有胜负的论战，因为哪一方都是正确的。然而双方的争论却给“第三方”创造了喘息的机会，那就是负责隧道施工的那家建筑公司和管理部门。人们的注意力集中在了李正洙和山村居民的身上，本应受到追责的建筑公司和管理部门趁机来了个金蝉脱壳，悄无声息地消失在人们的视野里。制造三起人命案的罪魁祸首逍遥法外，而本应受到同情和帮助的被害者们成了舆论的焦点。整个事件朝着极其荒唐的方向发展。行凶者早已人间蒸发，只有无辜的被害者们互相追究对方的罪责。

舆论已经发生了根本性的逆转，村民作为弱者得到了舆论的同情。村民聚集在金美真住的公寓，将公寓包围得水泄不通。其中也有不少肩扛摄像机的记者，他们将镜头死死地对准公寓的入口处。上了岁数的村民们在公寓入口处高喊立即开通隧道的口号。然而没有人向村民提出质问为什么到这里来高喊打通隧道的口号。人们都认为这是理所当然的事情，迟迟不打通隧道，其原因就是因为李正洙还困在那里。百分之百的人都回答说那是为了营救李正洙。

同情金美真的公寓邻居们也向金美真投去异样的目光。面对几天来连续不断的叫喊声，公寓居民们也不禁皱起了眉头。丧失自理能力的山村老人们在水泥地上吃饭睡觉，这是任何人看见了都感到不舒服的情景。记者们专拍刺激性的场面放在电视屏幕上，看到这些画面的人们无不为老人们艰辛的抗争而感到心疼。网页上充斥着“为了一个生死不明的生命我们还要付出多少个生命”的话题。所谓的知识分子们也粉墨登场讲起了所谓生命哲学的理论。他们说得都对，没有一个是歪门邪道。偏向于李正洙的一方和偏向于山村老人的一方各有各的理由，而这些理由没有一个是与正义相悖的。建筑公司和管理部门不肯错过这个“绝好”的机会。乡村老人的死亡对他们来说是非常幸运的事情，他们是一帮连最起码的伦理道德都丧失殆尽的畜生，他们不可能错过这一千载难逢的好机会。他们暗地里操纵村民，支使他们到电视台接受记者采访。为了隐藏自己丑恶的面孔他们没有直接出面，而是通过第三者与村长交涉，借口为可怜的老人们伸张正义鼓动村长一步一步地接近自己设下的圈套。舆论的焦点成功地转向了山村老人，山村老人成为这场事件的主人公，而真正的受害者金美真则成为只考虑自己丈夫安危的利己主义的化身。当然舆论还没有完全偏向于山村老人。然而对建筑公司和管理部门来说分散舆论焦点也算是初战告捷。现在他们至少已经躲过了舆论的风口浪尖。他们将舆论导向成功地转移到“何谓正义”的争论上。追责的舆论渐渐消停，远离事实真相的哲学分析占据了整个舆论空间。从建筑公司收受巨额贿赂的上层们松了一口气，他们争得了采取对策的时间。

金美真眼下的遭遇也和李正洙没什么两样，只是地点不同罢了。一个在封闭的隧道里，一个在封闭的居所内。秀珍独自一人在客厅看动画片。大白天她们也不敢掀开窗帘，母女俩用窗帘挡住了来自外部的视线。夜以继日的呼喊声足以击垮金美真的意志，也促使她越来越痛恨这个世界。她已经瘦骨嶙峋，憔悴不堪，独自一个人蜷缩在床角瑟瑟发抖。动画片看累了，秀珍从客厅跑到卧室里坐在了妈妈的身旁。秀珍摇晃着妈妈的胳膊说道：

“妈妈，爸爸怎么还不回家？我的生日已经过了好几天，可爸爸为什么还不回来呢？”

几天来秀珍反复寻问同样的一句话。金美真也是同样的回答，爸爸工作忙，爸爸到很远的地方去买秀珍的生日礼物了。面对今天同样的问话，金美真觉得天旋地转，不知怎么回答才好，她轻轻地抱住了女儿。秀珍拿起床上的手机递到妈妈面前：

“妈妈快给爸爸打个电话，问他什么时候回家。”

金美真从女儿的小手里接过手机望了女儿片刻。秀珍也抬头用水灵灵的眼睛望着妈妈。女儿的眼神里充满对爸爸的期待。金美真长长地按下了李正洙的电话号码。电话里传来了对方手机已关机的提示音。她再次按下一号键开始录音通话。面对不知情的女儿应该用清亮的声音说话，可美真就是发不出清亮的声音。

“喂，是我。你什么时候回家？秀珍在一个劲儿地催我给你打电话。”

演技还可以。看到妈妈对着手机讲话，秀珍以为妈妈真的跟爸爸通话，于是追在妈妈的身后想夺过手机。美真躲过秀珍的纠缠继续说道：

“你看你这个女儿，她在追着我要夺过我的手机自己跟爸爸通话。什么，你很忙？嗯，知道了，那你不用回答，只是听听秀珍的话就行。”

金美真将手机递给了秀珍：

“爸爸说他现在很忙，不能回答你的问话，只能听听你的声音。来，跟爸爸说两句。”

秀珍高兴坏了。她接过妈妈的手机在床上连蹦带跳地跟爸爸说起了话：

“爸爸你什么时候回家？快回家看我，我想死你了。已经过了三个星期六，你怎么还不回家呢？快回来吧，带着给我买的蛋糕和布娃娃。我现在幼儿园也不去了，天天在家里待着一点儿意思都没有。等爸爸回来我要爸爸妈妈陪我一起到儿童游乐园去，我还要去看看皮卡丘和凯蒂猫。快回来，现在就回来，听见没有！”

秀珍越喊越兴奋，越跳越起劲。金美真从秀珍手里夺过手机，说道：

“听见没有，秀珍叫你赶紧回家。她想看皮卡丘，她想看凯蒂猫，她还要想去游乐园玩玩。”

金美真的声音在颤抖。四岁的孩童，一个天真烂漫的孩童怎么会知道妈妈此时的悲伤呢？金美真还在对着没有回音的电话说话，秀珍靠过来扑到妈妈的怀里。金美真紧紧地咬住了嘴唇：

“秀珍正在眼巴巴等着你带礼物回家。她想吃你买来的生日蛋糕，她说她想爸爸，想爸爸……”

管理部门和建筑公司派人去了救援现场。公路公司的高层也不约而同地来到了救援现场。他们一大早来到现场与专家和部长展开了一场舌战。

他们的意见是为了拯救一个生死不明的人而放置残损的隧道不

管，有可能导致更大的损失，因此应尽快抢通隧道，开通禁行的山路。

部长和专家与他们针锋相对，提出了反对意见。

“硬拼是没有道理的。眼下救援工作已经没有什么意义了，因为被困时间已经超过了人类所能坚持的极限，现在没有任何可能了。所以应该立刻炸开洞口抢通隧道，同时开通原有的山路。这是平息舆论的唯一方法。”

来自公路公司的人提出了如此尖锐的意见。专家也不甘示弱拍案而起：

“你胡说些什么！如果一天不炸掉残损的隧道你们就一天不得安宁，你们这群王八蛋！李正洙为什么被困在那里？罪魁祸首是谁？我清楚地告诉你们，把人困在那里的正是你们这些王八蛋！正是你们肮脏的贪欲把好好的一个人活生生地关在黑暗的隧道里！”

“我们已经商议好了，给遗属发放足够的赔偿金。我看还是到此为止吧。”

发言的是建筑公司派来的人。部长怒气冲冲地望着那个人说道：

“遗属？你说的是人话吗？我看你今早吃错药了！李正洙还活着，他正在等待我们的救援！李正洙已经被你们害惨了，难道你们非要把他置于死地不可吗？你这些杀人恶魔！”

专家和部长气得暴跳如雷。和这二人相比，上层派来的那几个人倒是始终保持冷静的态度。管理部门的人用平稳的口气说道：

“看来两位负责人过分激动失去了理智。我们只是向你们提出最佳方案而已。据我们管理部门了解，原子能发电站一带的老人平均年龄已经达到六十八岁，他们的健康可能随时都会亮红灯。我们开通隧道不就是为了他们的安全吗？我们认为这是最佳方案，事实上这也是上级领导的指示。”

面对这些悠闲地喝着咖啡的人，专家和部长气得捶胸顿足。救援工作已经进行了百分之七十，在这个节骨眼上停止对李正洙的救援无异于对李正洙下一道死刑令。李正洙是无辜的受害者，而且目前明明还活着，怎么能眼睁睁地放弃一个鲜活的生命？简直令人毛骨悚然。专家望着他们歇斯底里般地吼叫道：

“你的意思是叫我们停止救援行动？”

“……”

“下令吧，叫我们立刻停止救援！我倒想亲耳听听你们给我下达停止救援的命令!”

他们谁都没有开口。毕竟他们也都是人，他们也实在不忍心说出“停止救援”这四个字。这句话实际上就是要杀死被困者的意思，是枉杀一条生命的指令，无异于杀人行为。他们谁都不开口，他们谁都不想把杀人的罪名扣在自己的头上。专家环视了一圈，继续说道：

“你们谁都不敢说话是不是？这说明你们也相信他还活着。事实上你们心里也很清楚李正洙还活着！可你们怎么会提出这样的方案？明明知道他还活着可就是装不知道，简直是毫无人性的畜生，亏你们还能想得出来！”

“……”

“说呀！你们到抢险人员那里亲口下命令，停止救援！你们明知道他还活着，明知道为了与家人团聚他正以顽强的毅力等待我们的救援。去呀，去跟他们说一声赶快杀死他，赶快杀死等待回家与家人团聚的李正洙！”

“……”

“直觉告诉我们李正洙还活着，难道你们没有感觉到吗？明知人家还活着可你们还要炸掉隧道？这不是杀人行为吗？说话呀，你们这些披着人皮的恶魔！”

专家越说越激动，盛怒之下拿起桌上的笔筒狠狠地摔在了地上。看到专家大发雷霆，他们谁都不敢顶嘴。他们像犯了错误的小孩子，个个低下头默默地听着专家的厉声呵斥。他们知道自己理亏，也不敢说什么。专家迈着沉重的步伐走到了窗前。他望着坍塌的隧道自言自语般地说道：

“他还活着，他在封闭的隧道里呼唤我们，我都能听得见。我们都知道李正洙还活着。”

李正洙的耳朵竖起来了，机器声每天都从不同的地方传过来。

快了，我很快要走出这个隧道啦！机器声给他带来了希望，也带来了感动。石塔已经超过了腰部，可石塔再没有往上增高。这几天由于体力不断下降不得不停止了垒砌。他只能躺着听机器的声音。他连支起上身的力气都没有了，接饮用水是他每天唯一的活动。他整天整天地躺在汽车后排座上倾听机器声音。一米、两米，感受每天传来的不同的声音和震动是他唯一能做的事情。电话也不通，没有人跟他聊天，只有机器声伴着他渡过艰难的时间。还好，一天的时光过得很快。欢快的机器声停止了，他的脑海里也开始浮现出走出隧道以后的各种幻想。他首先想象的是自己走出这座隧道的情景。到时我会采取什么样的态度呢？流着眼泪让大家看到我的懦弱？还是面带笑容显示出男子汉的刚强？想这些事情，时间过得飞快，不久就到了收听妻子一天生活内容的时间。每天到了这个时间他边听收音机边写日记。写着写着他也感到纳闷，肚子里怎么会有那么多的话？一写就是一个小时。体力已经基本耗尽，写起字来手也不停地颤抖。然而写日记的时间却是最快乐的时间，再艰苦也没有停下来。

李正洙已经瘦得皮包骨头，看上去活像一具木乃伊。脂肪已经全部耗尽，肋骨一道一道依稀可见，肩上的锁骨也形成了深深的壕沟，整个儿是一副干瘪的骨架子。他低头看了一眼自己的身体。事发前足有八十公斤的体重现在看来充其量也不过四十公斤。也许是营养不良的原因，头发也一把一把地往下掉。机器声一停，他还能清清楚楚地听到心脏的跳动声。他本能地意识到此时躺着不动才是唯一的生存方法。尽量减少活动靠睡觉打发时间，这样才能减缓新陈代谢，尽可能地延长生命。临睡前尽管喝下足够的水，可一旦躺下还是饥饿难耐。他尽量想一些愉快的，或者是刺激性的事情，试图以此忘却饥饿，可饥饿的魔影就是挥之不去，时时刻刻出现在他的眼前。他的眼神不知向早已变坏了的蛋糕投去多少遍，甚至有时伸手摸一下蛋糕。可每每这个时候他总是使劲抽一下自己的脸。如今这个蛋糕已经成了李正洙生存下去的精神支柱。一定要给秀珍送去生日蛋糕的念想成了他延长生命的又一个方法。

机器声第二次停止意味着已经到了晚上。躺着想一些好的事情打发时间，很快就到收听金美真消息的时间了。李正洙闭上了眼睛，与其说是闭，不如说是陷入冥想中。因为黑暗的隧道里无所谓睁眼闭眼，再说他连睁开眼睛的力气都没有了。事实上几天来他没有睁开过几次眼睛。虽然睡不着觉，可他怕一时打盹而错过节目时间，每隔五分钟或十分钟就艰难地抬一下眼皮。他头一回感觉到自己的眼皮居然如此沉重。长时间陷入冥想之中，最后听到的只有心脏的跳动声。砰，砰，他从心脏跳动声中再次确认自己确实还活着。他默默地数着心脏每分钟跳动的次数。昨天还能跳三十次，可今天却只跳二十八、九次。他曾听人们说正常人的心跳是每分钟六七十次，那么心跳次数越来越少意味着什么？李正洙心里再明白不过。可他并没有因此受挫或绝望，他反倒为自己的心脏还在跳动而感到幸运。

他边感受心脏的跳动，边做了几次睁眼闭眼运动。过了几分钟，他艰难地坐下来拧开了车钥匙。直觉告诉他收听金美真消息的时间已经到了。脑袋显得特别沉重，他只好将脑袋沉沉地放在自己的膝盖上。节目时间到了，节目主播按时播报了美真一天的消息，随着缓缓的音乐声主播念起了美真的信。

——亲爱的正洙，今天发生了很多的事情。秀珍说很想你，非要我给你打个电话。一开始我不知道该怎么办，可后来还是假装给你打电话哄住了秀珍。秀珍还要亲口跟你说两句，我说爸爸很忙回答不了你的问话，只跟爸爸说话不要等待爸爸的回答。秀珍对着电话说了几句后高兴得蹦跶起来了。看着秀珍高兴的样子，我的心情也好多了。秀珍让你一定要买蛋糕和礼物，她还说等你来了以后要到儿童游乐园去玩玩，她还想看看皮卡丘和凯蒂猫，秀珍想你都快想疯了。

李正洙吃力地拉过买给女儿秀珍的布娃娃抱在了怀里。体力消耗殆尽，就连流泪的力气也没有了。他抱着布娃娃无神地望着隧道顶棚。主播的声音继续传过来。

——正洙，你一定要记住咱们不是舆论攻击的对象。很多人都为你加油，可还有一部分人发表一些不负责任的言论。你困在那里没有你丝毫的责任，是制造豆腐渣工程的建筑公司的责任，是不作为的管理部门的责任，是那些贪官污吏的责任。隧道坍塌以后围绕着事故责任舆论都炸开了。你是无辜的，我们一家说什么也是被害者。我真的希望你赶快出来向夺走我们宝贵时间的那些人报仇雪恨。别看他们有权有钱，可我一定要让他们受到惩罚。对我们来说多了两个生活的目标，一个是活着出来全家团圆，一个是惩罚那些伤天害理的贪官污吏。也对，过上幸福的生活是理所当然的事情，不能说是目的。我们一定要让那些夺走我们生活权利的人们向我们道歉。一开始我只是盼望你平安回家，可当我确信你能够活着回家之后又产生了报仇的念头。他们的恶行实在令人难以容忍。真的，我绝对不会放过他们的。

李正洙不禁握紧了他那干巴巴的双拳。他的心里正在燃烧着复仇的火焰。金美真的一席话再次点燃了他生存的意志。一想起自己无缘无故地被困在黑暗的隧道里过着地狱般的生活，李正洙不禁怒火中烧。他暗自发誓，一定要活着出去，为自己、为妻子美真、为女儿秀珍报仇雪恨。

——你要坚信任何艰难困苦都不能夺走我对你的一片爱。希望你也用这个信念一直坚持下去。秀珍最近练韵律操呢，说是爸爸回家后要跳给爸爸看。我也跟着秀珍学，等你回家以后我们母女俩给你献上活泼可爱的韵律操。我每时每刻都在想你，希望你也每时每刻都想着我和秀珍。只有这样我们才能经得住这场荒唐的磨炼。相互间的思念会给我们带来巨大的勇气和力量的。记住，我永远爱你。

念完金美真的信，主播抑制不住心中的激情向听众说了一席话：

——听众朋友们，这场事故的罪魁祸首到底是谁？是无缘无故被困在隧道里的人，还是把他关进隧道里的人？如果听众朋友们也认为被困在隧道里的人也有一份责任，那么我会感到十分遗憾的。

从节目主播和金美真的话里李正洙隐约意识到外界对这场事故的看法发生了微妙的变化。要是在平时他会立刻大发雷霆，无奈眼下一点体力都没有，只能静观其变。他用木讷的表情自言自语道：

“让他们说去吧。不管他们说什么，走出这里就是万事大吉。我心中只有你和秀珍，别的对我毫无意义。”

亲爱的美真

“我的体力已经消耗得差不多了，可我还在坚强地挺下去。等我出去以后再解决你刚才说过的那些事情好吗？看来我这里又多了一件事情，我要计划好出去以后所要办的事情。

机器的轰鸣声越来越靠近了。听到机器的轰鸣声我心里非常兴奋。我虽然没有力气大声欢呼，可我预感离走出这个隧道的日子不远了。美真，不要管别人怎么说三道四。先让他们随便说去吧，等我出去以后会一个一个地收拾的。我们没有罪，我们是冤枉的。我们是这场荒唐的事故的受害者。不管他们怎么说，你千万不要跟他们一般见识。

我还有很多话想要对你说，可我的眼皮一个劲儿地往下坠。我有些害怕，怕这样睡下去再也醒不过来。你说真的会这样吗？

看来今天只好写到这里了。我要思考很多东西。千万别忘了，我们都是被害者，是这个世上最冤枉的被害者。”

——爱你的老公

09 众口的威力

李正洙被困第二十八天。

这期间又发生了一起交通事故。山村的一位老人与车相撞，因绕道而行耽误抢救时间而不幸死亡。又死了一位老人，舆论再次沸腾了。几天来各路学者们粉墨登场，纷纷叫嚣各自的生命哲学。他们的哲学理论足以使苏格拉底自叹不如。在金美真所住的小区也有几位前来声讨的山村老人在炎炎烈日下中暑倒下去了。事到如今，互联网、电视台等媒体也不再为金美真说话。更要命的是数以万计的博客以所谓的科学资料猜测李正洙已经死亡，各路媒体也随之跟进报道了那些资料。舆论也在围绕着“为一个死人而一再制造新的死亡事件是否人道”的问题进行了讨论。支持李正洙和金美真的人越来越少了，一百个意见中只有一个是支持李正洙夫妇的，就连支持李正洙夫妇的人们也受到舆论的谴责。大部分人断定李正洙已经死亡，甚至有些人谈起了李正洙的善后问题。人言可畏，李正洙还活着，可他却淹没在众人的唾液之中。李正洙的生命在那些旁观者看来不如一条路边的小狗。他们把自己一知半解的理论当成是真理。更悲哀的是居然有那么多的民众被他们荒唐的理论所感化，叫嚣

“要考虑多数人的生命”。他们都是唯恐天下不乱的人，是蓄意颠倒是非想把别人置于死地而后快的人。他们在利用舆论这一杀人不见血的武器发泄心灵深处最肮脏的欲望。

电台演播室的网络屏幕上充斥着指责李正洙夫妇的言论。有的说不要再用同情的语言蛊惑听众，也有的说人已经死了不要以死者的名义换取民众的同情。金美真请求电台按时给李正洙播放自己的信，其目的只有一个，那就是希望李正洙能够活着回来，希望自己的信能够鼓励李正洙坚持下去，可他们却歪曲金美真美好的愿望，肆意诬陷金美真此举实际上就是给建筑公司施加压力以便得到更多的赔偿金。更有一些无节操的学者用他们所谓的“心理学”添油加醋地分析金美真的心理活动。他们认为金美真此时的心理就是以受害者的名义想得到民众的同情，她目前的所作所为大有炒作之嫌，将人们目光集中到自己身上，想借此机会提升自己的知名度。以前说好支持她的一些民间团体如今也变成她的敌人，杀到了她住的小区。他们以同情山村老人这一弱势群体的名义向金美真发起了攻击。小区居民实在看不下去便拨打了电话报警，可警察来了也没有正当理由驱赶老人和那些团体，只是劝他们保持公共秩序罢了。向她发起围攻的人越来越多起来了，甚至有些人专程从别的地方赶过来加入围攻行列。他们往金美真家的窗户上扔鸡蛋，在小区广场挂上了巨幅标语。横幅白底红字，其内容也杀气腾腾：

——立刻打通隧道！不要再污辱已故老人的尊严！

巨幅标语几乎覆盖了整个小区广场。围过来的人都对金美真怀着满腔的仇恨，连他们自己也说不清楚这个仇恨来自哪里。他们与金美真根本不认识，与金美真无冤无仇，可他们却把金美真当作害死老人的罪魁祸首。金美真莫名其妙地成为加害者正在遭受民众的审判。金美真整天待在家里，不敢迈出家门一步。一天过去了，两天过去了，外边的人不仅没有减少反而越来越多了。

“秀珍，你怎么啦？”

秀珍躺在床上一动不动，金美真伸手摸了一下她的额头。秀珍在发高烧。金美真冲一杯盐水给秀珍喂了一口。

“哇！”

秀珍将嘴里的盐水全部吐了出来。嗓子严重发炎，她咽不下任何东西，嘴角上流着白色的唾液。金美真拉开窗帘望了一下窗外，人们还是坐在水泥地上高喊口号。她紧紧地咬住了嘴唇，没有别的办法，必须把秀珍送到医院去。金美真再也没有犹豫，毅然抱起了秀珍。

“走，我们去医院。”

金美真抱着秀珍只穿拖鞋就走出了家门。她等不及电梯一口气跑下了楼梯。走到公寓大门口就传来人们的喊叫声。金美真不由得站住了。这时秀珍嘴角上仍然挂着口水发出哼哼的呻吟。金美真咬了咬牙打开了公寓大门。人们大声叫喊着围了过来。

“是金美真!”

人们的视线全都集中在了金美真身上。有个老人向她扔了鸡蛋。鸡蛋打在她的额头上，粘稠的蛋白和蛋黄慢慢地流到了脸颊上。

“你这个死婆娘，因为你，我们都快完蛋了!”

扔鸡蛋的老人喊了一声。人们像是围捕猎物般纷纷向她投掷了鸡蛋。她不顾一切向前挤去，试图冲出人们的包围圈。她没有时间向大家解释什么，现在最要紧的就是去医院。包围圈越收越紧，谁都不肯放她走。面对光天化日之下的暴行，居然没一个人打电话报警。公寓里的人纷纷走到阳台上看热闹。金美真极度恐惧，嘴里喃喃地说道：

“请放我出去，孩子病了。”

她的声音很低，被大伙的怒骂声淹没了。所有的人都以被害者自居，向她吐口水。

“只有你男人是人，我们村里人就不是人吗？你眼里到底有没有这些老人?”

“请放开我，孩子病了。”

“那几个老人就是因为你而去世的，你要为他们赎罪！都是像你这样极端自私的人把我们的社会变成了今天这个样子!”

“求你们了，快放我出去，孩子病得厉害。”

人们根本不理睬金美真的哀求，越来越粗暴地对待她。鸡蛋像雨点般打在她身上。蛋白蛋黄顺着金美真的面颊流淌下来，掉在了包住秀珍的毛毯上。看到眼前恐怖的情景，秀珍哇地哭了起来。听到孩子的哭声，人们才停止了暴行。骂声也停止了。她再次喃喃自语道：

“请放开我，孩子病了。”

金美真怯生生地迈出了脚步。怕还有鸡蛋飞过来，她一个劲儿地蜷缩着身子。秀珍还在哭个不停。

“她倒是挺关心自己的孩子。”

不知是谁说了一句，这一句再次引发了人们的骂声。

“只知道自己的孩子宝贵却不知道珍惜别人的生命，做人不能这样。”

“自私也有个限度。村里的老人们危在旦夕，你却只顾自己的家人?”

还好，人们只是谩骂，再也没有向她扔鸡蛋。抱在怀里的孩子无形中成了她的护身符，她低下头左躲右闪地走出了公寓。

秀珍的手背上插着输液管。医生说秀珍是感冒发烧，打几天静脉注射就好。看到金美真满身的污垢，护士递上毛巾让她去淋浴间冲个澡。金美真走进淋浴间拧开了淋浴器，热水喷涌而出，她再也控制不住自己的眼泪。她无声地哽咽着，这是充满委屈的哽咽，是害怕众人指责的哽咽，是不得不放弃李正洙的充满绝望的哽咽，是抛弃所有希望的哽咽，也是对众人合谋残忍杀人的憎恨的哽咽。

媒体实时报道了金美真的遭遇，可人们再也没有向她施以同情和好意。仅仅几天，对金美真的同情论彻底告终了。常言道唾沫星子也能淹死人，这句话在金美真身上得到了应验，人言可畏，她正淹没在众人的唾沫星子之中。

走出医院，金美真坐上警车被警察护送回家。看来警察对护送金美真这件事闷闷不乐。在车上他们大声谈话，似乎故意说给金美真听。

“赶紧收尸处理后事，这样不仅少得罪人还能得到大家的安慰，这该多好。”

“可不是嘛。天天在这里巡逻，简直累死我了。”

“罪人”金美真抱着秀珍默默地低下头。没人安慰她，也没人替她说句话。她已经成了众人所说的没有丝毫同情心的极端利己主义的化身。警车到达金美真住的小区。人们再次围过来喊出了不堪入耳的叫骂声。他们的叫骂声简直像困兽的吼叫声。人类灵魂深处最肮脏的东西在他们那里已经暴露无遗，他们正在享受着污辱他人的快乐。

专家整天要受舆论的煎熬。记者们天天登门拜访，要求他提供李正洙活着的证据。面对记者的提问，专家始终坚定地回答“李正洙活着是不可争辩的事实”。直到前天为止记者们还相信专家的话，并给专家讲了一些鼓励的话。然而从今天开始人们对他的话半信半疑，甚至有些人公开表露出反感的态度。

——你怎么这样自信李正洙还活着？你能拿出什么证据吗？

——请你不要用主观臆测来判断现实。说话要有根据。为了一个李正洙，要付出几个人的生命，这合理吗？

否定的舆论并没有善罢甘休。尽管专家列举了世界典型的救助案例，可他的理论并没有说服那些记者。他们要求专家不要列举奇迹般的例子，要立足于现实做出冷静的判断。今天他还身负记者见面会的重任。这是几天前那些不敢直接下令中止救援行动的上层人物给专家下达的命令。

“要召开记者见面会。你必须要用充分的理由说服他们，否则我们也没有其他更好的方法。我们也不愿意看到目前这种局面。”

当时专家口头上虽然答应了，可随着记者见面会的临近他不禁紧张起来了。直到几天前还能说得通的道理如今已经完全被推翻了，看记者们的架势，恐怕任何道理也难以说服他们。他不停地抽烟，满脑子只想一个问题，怎么才能说服他们呢？然而他怎么也想不出说服记者的妙方。时间无情地流逝，不允许他做那么长的思考。嘀嗒，嘀嗒，秒针在不停地转动，催促他快点走进记者见面会会场。记者们边等待专家的出现，边将镜头对准隧道洞口，肆意谈论着各自的看法。

专家朝会场迈出了沉重的步伐。他又掏出了烟，可烟盒是空的。他紧紧地握了一下准备好的发言稿，手心汗津津的。走过又长又狭窄的走廊，来到了记者们聚集的会议室。小时候做错事被老师叫到教务室也没有像今天这样紧张。打开会议室门，镁光灯一齐向他闪过来了，媒体的镜头正在捕捉他的一举一动。他皱一下眉头立刻恢复了镇静。他表情凝重地走上了讲台。

“现在向大家发布有关李正洙的简报。”

他的声音未落，一个性急的记者喊道：

“专家先生，据说目前幸存者活着的可能性十分渺茫，对此你是怎么想的?”

“可能性非常大。海地地震时有人仅靠水在废墟里支撑了二十八天。自从隧道坍塌以后我们向李正洙提供了含有丰富的营养剂的水，我认为李正洙再坚持一个星期是没有问题的。”

专家将准备好的资料翻开，然后又把它推向一边说道。记者们对目前的救援情况并不感兴趣，他们最感兴趣的是李正洙的死活。他们来这里的目的就是寻找一个能够替山村村民抨击李正洙和此次救援行动的人。无端攻击、污辱别人以发泄心中的愤怒是人类隐藏在心灵深处的欲望。记者们来这里的主要目的就是想设定一个替山村老人被害事件买单的替死鬼，以便满足人们泄愤的要求。为此，在此次见面会上他们的想法必须压倒专家的解释。而专家也必须与即将在报纸第一版上发布各种刺激性报道的记者们抗争，让民众知道事情本来的面目。

“专家先生，据别的专家判断李正洙已经毫无生存希望，由此看来李正洙的死亡已经成为了不可否认的事实。我想你不应拿极端例子来比较，而应该拿普遍的案例做解释。我也觉得李正洙的生存几乎是不可能的事情。”

“这里没有什么普遍的案例。这是人命关天的大事，从伦理上也不允许通过实验得出什么普遍性结论。我说的也只是根据国内外历次灾难事故的统计而得出的结论。可统计资料上显示的毕竟也是过去的数字，因此我认为眼下谁也不能妄议李正洙的死活。”

“照你这么说李正洙是死是活谁都不能断定，那么为了一个生死不明的人而给山村村民带来生命威胁，这又怎么解释呢？现在舆论界都在争论别人的生命是否也应得到尊重的问题。你对这个问题是怎么想的？”

专家抬头望了一眼台下向自己狂轰滥炸的记者们。每个人的眼睛就像寻找猎物的野兽一样闪闪发光。他们都想抓住一个头条新闻获得民众的欢心。对李正洙的生死他们谁都不感兴趣，他们只希望从专家的嘴里吐出一句话“李正洙已经死亡！”他们大脑里早已编好了报道内容：在生与死的搏斗中李正洙终于死亡，李正洙留下的遗物，等等。他们多么希望发表一篇爆炸性的新闻。他们盼望尽早发布整理这座隧道，追踪李正洙生前痕迹的报道。专家的额头上涔出了滴滴汗珠。人们都在等待他的下一句。

“他还活着。我们正在努力开通救助山村急性患者的临时专用线。没问题的话今天就可以动工。可有一点是肯定的，那就是李正洙分明还活着。”

“没有确切的根据，你凭什么说李正洙还活着？你说临时开通是不是意味着还需要相关部门的许可？难道村里的其他村民还要继续过交通闭塞的日子？”

“现在当务之急是救出困在隧道里的生命。当然因为目前的救援工作，村里的老人们生活不方便，甚至也有人因此不幸离开了这个世界。这的确是遗憾的事情。可是我们也不能因此放弃一个受困的生命。如果能够拯救一个生命，暂时忍受眼前的困难不也是做人的道理吗？如果村民当中有不舒服或者生命垂危的患者，完全可以利用专用线。我想这是最理想的折中方法。”

专家觉得没必要再争论下去，正当他准备结束此次见面会的时候有个记者站起来提了一个出乎意料的问题。

“最近又有一位山村老人因交通事故去世了，据我们了解他是被抢险队的载重卡车撞死的。这是今天调查过程中查明的事实。据说肇事司机一再隐瞒自己是抢险队的。请问你们是不是有意要隐瞒这个事实？我们认为这是你们为了免遭舆论攻击而故意隐瞒的。对此你是怎么想的？”

专家全然不知，坐在见面会一个角落的部长也将慌张的目光投向了专家。事故现场的管理模式是垂直管理，发生任何事情最早知道的应该是部长和专家。专家不禁大声说道：

“这是不可能的事情。抢险现场管理是直接向指挥部汇报的垂直管理体系。这里不会出现什么隐瞒不隐瞒的事情。我作为指挥部的一员从来没有接到过这样的消息，抢险现场也没有发生过这样的事件。”

“这么说肇事者做了虚假的陈述？或者说是警察的调查出现了问题？”

专家掩饰不住惊慌的神色。部长不露声色地走出了会议室。他想给相关人员打电话证实事情的真假。

“警方已经正式发布了案情，可你还在隐瞒事故真相。”

尽管记者一再逼问，可专家还是矢口否认。

“不可能发生那样的事情。再说发生如此重大的事情而我们却毫不知情，这不符合常理。”

部长回到了会议室。专家斜眼望了一下部长，然而部长却有意避开了专家的目光。原来这是事实，的确是抢险队的司机造成的一场交通事故。部长起身给专家递了一张纸条便回到了自己的位置上。

——经确认这是事实。下班以后司机们聚在一起喝了一点酒，其中一个司机酒后驾驶造成了交通事故。由于事情是在下班以后发生的，所以我们一时没有得到事件通报。肇事司机正在其所属单位接受处理。没办法，只好说这是下班以后发生的事情，我们一时没有接到事故通报。

专家闭上了眼睛。看到专家的表情，记者们更加执著地追问起来了。

“能不能公开刚才纸条上的内容？是不是有关这起交通事故的内容？”

专家觉得浑身瘫软无力，头晕目眩。眼下他所能做的事情就是用适当的语言传达部长在纸条上写的内容。他的大脑以极快的速度组织合适的语言。沉默片刻，专家终于开口了。

“我们确实没有得到报告，可经过证实才得知的确发生过交通事故。看样子下班以后司机们聚在一起喝了一点酒。但需要强调的是事故发生的地点不是抢险现场，事故发生的时间也不是工作时间。”

“这意思是说此次事故与你们没有任何关系？”

“我只能说目前还没有弄清事故的来龙去脉，而且事故是在下班以后发生的。”

记者们当即将相关报道发送到自己所属的各家媒体，各媒体则实时发布了删掉专家的解释和辩解部分，一味强调刺激性内容的新闻。

——抢险现场的一辆载重卡车酒驾酿出人命事故。

——酒后驾驶导致人命事故，肇事者为隧道抢险现场的司机。

舆论对李正洙的死活已是不闻不问，漠不关心。舆论对村民的态度也只是强调道德性问题，并不关心他们的权益问题。由一件事情派生的无数个事件成为了舆论的话题。从李正洙平安回家到山村村民的正当权益，由村民的权益到对待生命的态度，如今又涉及到道德问题，事件的延伸对旁观者来说简直是一篇随时嬉笑怒骂、随时发泄心中愤恨的网络小说。

李正洙躺了一整天。他已经没有一点力气，一天要喝几十遍水。尽管费了好大力气建造了“卫生间”，可为了尽量节省体力，小便则直接尿在了裤子上。浑身到处发生痉挛，肌肉也在一天天萎缩。腿部肌肉，臂部肌肉，胸部肌肉，甚至腹部肌肉也在发生痉挛，面部与几十天前相比已经判若两人，活像一具骷髅标本，只有一双闪光的眼睛证明还是一个活人。为了给日益衰退的肌体注入活力，他天天竖耳倾听外部的机器声音。“快了，不是明天就是后天，我完全能够活着走出这个隧道。”他一再安慰自己。他在心里反复勾画第一个前来营救自己的那个人的面孔。他希望第一个出现在自己面前的既不是专家也不是金美真，而是医生，然后想看到的是食物。他的身体只剩一副骨架和一层皮，已经到了奄奄一息的地步。他测了一下自己的心跳，每分钟只有二十五、六次。时间紧迫，可至今看不到一个人影。他多么希望收音机里传来金美真兴奋的声音“明天就能走出隧道！”传来妻子声音的时间到了，他使出吃奶的力气打开了收音机。与往日一样伴随着柔和的音乐声传来了节目主持人的开场白。

——不知什么缘故李先生的夫人今天没有发来任何信息。我们曾打电话寻问，可对方一直不接电话。也许她的身边发生了什么事情。

李正洙睁开了眼睛，怎么回事？他的心里顿时疑窦丛生。

——希望明天李夫人一定给我们发来信息。您的丈夫在隧道里等待您的消息，请您一定跟我们取得联系。

节目主持人的话很短，紧接着又传来了音乐声。李正洙出于侥幸心理继续收听广播。隧道里弥漫着汽车尾气，使人头脑发晕。他心里一再安慰自己等一会儿就能听到金美真的声音，然而金美真的声音却并没有传过来。

“为什么没有消息？难道想给我来个意外惊喜？”

李正洙不安的心理很快安静下来了。他坚信这是妻子在跟自己开玩笑。也许明天就能得到营救了，因此妻子想送给自己一个惊喜。他关掉收音机重新躺了下来。

“明天是最后一天？明天真的要得救了？”

明知这是自我安慰，可他的心里又充满了希望和快乐的想象。他闭上眼睛嘀咕道：

“真想看见阳光，真想快点走出这里。”

10 逼上绝路

李正洙被困第三十一天。

已经过了整整一个月，外边的人谁也不相信李正洙还活着。能够刷新被困者最长纪录的期待就像流行歌一样淡出了人们的脑海。对李正洙的生存失去兴趣的人们开始寻找更具刺激性的话题。为李正洙事件沸沸扬扬的各门户网站也有了一些变化，他们不再为某一个意见而争吵得面红耳赤，而是个个竖起了道德的旗帜。具有讽刺意味的是缺乏基本道德意识的人们居然谈起道德问题。他们就像圣人君子一样热议道德，他们的潜意识中根本不存在罪恶感。

看着网页上的跟帖，金美真愤怒了。她想起了前不久看过的一则跟帖。一个街头流浪汉留下数亿韩元存款孤独地离开了人间，于是围绕着这笔遗款展开了一场争论。很多人提出那笔钱不应放在银行而应捐给慈善机构。钱的主人是已故流浪汉，可他们以钱的主人自居擅自要求将钱捐给慈善机构。看到这个信息之后，金美真平生第一次在网页上发布了自己的跟帖。

——那是已故流浪汉的钱财，我们有权处理人家的遗产吗？

金美真的这个跟帖引来了无数条恶意回帖。有人说放在银行只能喂饱银行人的肚子，这样的跟帖还算是客气的。有不少人说她是银行的人，对她进行不堪入耳的辱骂。辱骂给她留下了难以治愈的创伤。在人类这个共同体里只要出现一个异己很快就会成为所有共同体成员的攻击目标，直至被葬送。把异己置于死地是人类最原始的本能，也是人类寻求快乐的一种方式。从那以后金美真再也没有发表帖子。她愤怒至极，曾写过好几回帖子，但还是都给删掉了。她心里清楚这样做只能成为众矢之的，自己没有一点好处。她也渐渐地在人们的咒骂声中中毒了，李正洙有可能死亡的念头逐渐占据了她的头脑。几天来在众人的咒骂和互联网的责难中备受煎熬，她已经筋疲力尽了。

金美真仍然不敢走出家门。过去的三天抱着秀珍上医院，回想起来那是恶梦般的三天。只要金美真出现在家门口，人们就破口大骂，有个老太婆甚至还扯过金美真的头发。虽然救援指挥部已经给那些危急患者开放专用行车线，可他们还是不肯退让。听到救援队的一名司机酒后肇事的消息，有更多的人聚集在了她住的小区周围。他们硬说金美真明知救援现场发生恶性事故可就是无动于衷，给她扣上了毫无道德底线的帽子。痛苦的时间还在继续，一件事情消停了，人们又挖出另一件事发动攻击，大有不把她逼上绝路不罢休的势头。在他们的眼里自己是同情弱者的正义的化身，而金美真则是极端自私的邪恶的化身。

人们对金美真的攻击已经到了丧心病狂的程度。从扔鸡蛋发展到扔石块，美真家的窗户玻璃几乎都被砸碎了。甚至还有人半夜闯入公寓敲打金美真家的门。每当他们半夜敲门的时候金美真母女俩就抱成一团瑟瑟发抖。

极度的恐惧使秀珍的病情日益加重。昨天医院的急救车接走了秀珍。秀珍处于昏迷状态，在医院急诊室里输液。医生说这是因恐惧而引发的脱水症状。秀珍苏醒了。她的第一句话令金美真无言以对。

“他们半夜敲门是不是因为爸爸要回家?”

“……”

“别叫爸爸回家啦。”

“什么?”

秀珍伸出小手摇着妈妈的衣袖说道：

“别让爸爸回家，只要爸爸不回家不就行了吗，快打电话告诉爸爸不要回家。”

金美真怔怔地望着秀珍。她万万没想到女儿嘴里竟说出放弃爸爸的话，她不得不怀疑自己的耳朵。秀珍哭出声来了。女儿的哭声告诉美真一个残酷的事实，自己的耳朵并没有什么毛病。

“我害怕！别让爸爸回家！快打电话告诉他别再回家了！我不要礼物，我也不想看皮卡丘和凯蒂猫！告诉爸爸别再回家了！”

金美真绝望了，女儿才四岁，四岁的孩子竟然说出如此绝情的话，足见她心里有多么恐惧。这是每到周末都要穿新衣服给爸爸看的女儿，她在世上最爱的人就是爸爸。从女儿的嘴里居然说出不要爸爸的话。在她的目光中可以看出对爸爸的无限的眷恋，可同时又充满恐惧和憎恨。

金美真心里说不出是什么滋味，她只是怔怔地望着女儿无言以对，精神支柱顿时崩溃。李正洙活着回来的信念就在这一瞬间荡然无存了。

金美真默默地看了一会网上的报道，然后拨通了专家的电话号码。

“你好，金美真女士。”

“我看了网上的评论，也看了新闻。他们都认为李正洙已经死亡。”

“没有，他还活着。别听他们胡说八道。应急通道也已经开通了，舆论会消停的。”

她从椅子上站起来走到房间最黑暗的角落把身子蜷缩成一团坐了下来。她张开嘴想说点什么却又没发出声，沉默片刻，一声长长的叹息之后她发出了蚊子般微弱的声音。

“专家先生，请停止救援吧。”

专家瞪大眼睛，不敢相信自己的耳朵。

“你说什么？”

金美真无声地流着眼泪再次说道：

“专家先生，请您停止救援，停止对李正洙的救援。”

“金美真，你在说什么？为什么要停止救援？再过两天就能救出李正洙，现在叫我停下来，这像话吗？”

听着金美真不靠谱的话，专家用激昂的声音说道。

“停止救援”无异于间接杀人，就是几天前上级派来的那些人也都不敢说这句话，可如今这句话居然出自李正洙最心爱的妻子金美真之口，专家觉得简直不可思议。专家和金美真一时默默无语。无声的泪水顺着金美真的面颊不停地淌了下来，金美真咽了一下口水加重语气说道：

“请结束救援行动，放弃他吧。我太累了。他们的行为太可怕了，我现在埋怨李正洙还活着。我们是无辜的，可我不知道我们为什么要受到这样的污辱和恐吓。他被困在隧道里，我和秀珍成了人们眼中的罪人。求您停止救援行动，马上开通隧道。”

“金美真，李正洙没有任何过错，你们只是受害者而已。要说罪人应该是建筑公司和贪污挪用工程款的那些贪官污吏。我可以理解你的心情，很多人提出那样的意见，你也迫于无奈跟随他们。你说这话说明你也患上了恐惧症。一个人说了一句谎话，如果大家都说那是对的，那么他的谎话也就变成了真理。你现在正好处在这种境况。不要被谎言所迷惑，也不要丧失意志。”

金美真声嘶力竭地说道：

“行啦，责任都在他身上！放弃吧。都说他已经死了。除了您以外都说他已经死了！放弃吧，不要再折腾我们啦！我们母女俩已经受不了啦!”

“金美真……”

专家想继续说服金美真，可金美真的喊叫声盖住了他的声音：

“我已经受够了！我想放弃一切！我已经没有力气再跟他们对抗下去了！他们一到半夜就来敲门，我们母女俩怕得要死！他们都说李正洙已经死了！我们已经尽力了。现在就连秀珍也不要爸爸了。她一再求我别让爸爸回家。这是我的女儿亲口跟我说的。停止吧，我什么都不要了!”

“难道……难道这是唯一的选择?”

专家用颤抖的声音喃喃地问道。金美真吐出了满肚子的委屈，这是她几天来一直被压抑的心声，是对残忍的大众舆论的呐喊。她再也抑制不住心中的愤恨大声说道：

“我也不清楚，可我只能这么做。只有放弃一切我们才能从有罪变成无罪，我想这就是我唯一的选择。”

电台节目主持人再次收到了金美真的来信，这是中断几天以后收到的。看到内容的瞬间，人们的表情一下子凝固了。主持人更是目瞪口呆，简直不敢相信这封信出自金美真本人。大家都沉默不语，主持人忽地站起来说道：

“叫我念？我念不下去!”

他踢开椅子离开了座位。节目制作人一把抓住了他的手，可被他甩掉了。制作人再次用力抓住了他。

“念不下去也得念。台长已经下令了，舆论已经一边倒，因此今后不要再播送金美真的信。大家也看到舆论已经不再同情她了。我们不能正面对抗舆论，可我们还能通过继续播送金美真的信件多少牵制该死的舆论。我们也只能以这种方式告诉那个被舆论逼上绝路的人，好让他知道自己是怎么被逼死的。”

“那也不能念！让金美真自己念！我是绝对不会念这封信的。”

主持人踢开门走出了会议室。他抑制不住心中的怒火，握紧拳头使劲朝走廊墙壁上砸去。

“这个社会乱套了，全疯了，疯狂到了极点！见过残忍的，没见过如此残忍的！这真是个无耻透顶的社会！”

连日来李正洙夜不能寐。连续好几天听不到金美真的任何消息。没有体力就应该靠睡眠来补充，可他的意识却顽强地拒绝睡眠。现在李正洙已经到了连一根手指头都不能动弹的地步，就连呼吸的力气也没有了。他翘首盼望被营救的那一天，可无情的现实使他的期盼一次又一次地成为泡影。无望的期待已经使他精疲力尽，每到晚上十点打开收音机等待妻子的声音，是他唯一的精神支柱。

李正洙的呼吸十分微弱，随时都有可能停止呼吸，甚至在收听金美真声音的时候也有可能咽气。他尽量放慢呼吸节奏，为生存拼尽最后的一丝力气。他将最后一缕希望寄托在收音机上，希望收音机里能传出金美真的声音，希望金美真给他讲述过去几天里发生的事情。他已经不再期盼何时被营救，他只盼望妻子的声音能够通过电波传到自己的耳朵里。

节目时间到了，他使出吃奶的力气扶着座椅慢慢地坐了起来，发动汽车也是非常吃力的事情。意识模糊，钥匙怎么也插不进钥匙孔里。费了好大的劲儿终于发动了汽车。三十一天，常人不可能支撑这么久。尽管身体极度虚弱，可还是没有忘记跟自己开玩笑："都说戒烟健康，可我戒了这么长时间烟怎么还这样虚弱呢?"他心里一再祈祷今天能听到金美真的声音。对他来说坐着等待已经是非常艰难的事情，可他还是顽强地坐起来静候金美真声音的出现。

最后一则广告出来了，李正洙的心跳也在加快。浑身的神经都集中到了耳朵上。广告结束了，节目开场曲传了出来。开场曲与往日不同。他在期待着节目的开始。开场曲改变了，意味着节目内容也有所变动。然而过了一段时间收音机里仍在播放低沉的开场曲。一分钟、两分钟，低沉、悲伤的音乐渐渐达到高潮。此时此刻包括李正洙在内的所有人都在耐心地等待着。音乐声停止了，该出现主播亲切的声音，然而收音机里却传出另一首低沉、悲伤的音乐，直觉告诉他今天非同寻常。音乐声越来越缓慢，越来越低沉。

音乐声快要消失的时候传来一声长长的叹息。李正洙无力地抬起了脑袋。叹息声的主人正是金美真！他伸出颤抖的手转动音量键放大了音响。为了减少吱吱的杂音他尽量蜷缩在车内的角落里。他不想让杂音干扰久违了的妻子的声音。收音机里终于传来了金美真的声音。她的声音很低，但十分冷静。

——已经过去三十一天了。这几天有很多的情感涌上了我的心头。现在跟你说话也是下了很大的决心的。正洙，你还活着吗？

“嗯，我活着，我活得很好。”

——你还能听见我说的话吗？

“嗯，我听着，我听得很认真。”

——电台的主播说我这次写的信实在念不下去，所以我今天专程到这里来给你念这封信。

读到这里，金美真停顿了下来。李正洙的心提到了喉咙口，黑暗中无形的恐惧袭上了他的心头。“不好，肯定出了什么事！”沉默片刻，金美真再次开口了。

——正洙，我实在受不了。秀珍和我一样在痛苦中煎熬。到底怎么办才好，我想了不知多少遍。人们找上门来辱骂我们、威胁我们。他们在诅咒我们，说村里的那几个人是因为你而死的。我是死也不相信他们的死与你有关，他们的死全怪隧道施工部门和贪污挪用施工款的那些人。可奇怪的是我也不由自主地跟随他们的意见。大家都那么说，我的想法也不知不觉跟随他们。我现在想跟你说一句最伤你的心，也是非常对不住你的一句话。

李正洙的脸上露出了自从被困在隧道以来最可怕的表情。瘦得皮包骨头的面孔上只有一双眼睛在闪闪发光。她要说什么话呢？既然是伤我的心而且对不住我的话，何必还要说出来呢？李正洙心里一再祈祷不要说出来。金美真已经认定李正洙死亡，所以她还是说出了这句最残忍的话。

——谁都不相信你还活着。

“不，我还活着。我现在活着听你说话呢！”

——人们都认为你已经死了。他们说你已经创造了一个新的纪录，说你的生存时间早已打破以往各种灾难中生存的最长纪录。

“不对，我还活着。我明明还在呼吸，还在听你说话！”

——现在谁认为你还活着就会被他们看成是傻子，受到残酷的攻击。

“求你相信我。我现在活着等待外部的营救。你怎么啦？美真！求你千万不要这么想。我真的活着，我天天期待着走出这座隧道。”

——即使，即使你还活着，我劝你还是放弃等待吧。从明天起再也不会有救援行动的。

“不行！”

李正洙大喊一声突然直起了身子。连李正洙自己也不知道哪来的力气，极度的悲观赋予了他超人的能量。他猛地跳出车门大声喊了起来：

"有人吗，快来救我！我还活着，我没有死！我在等你们来救我！"

不管李正洙怎么歇斯底里，收音机里仍然传出金美真冷静的声音。

——是我向他们提出停止救援行动的。秀珍和我每天都在恐怖的地狱中受煎熬。我要保护我们的秀珍，我要保护我们活着的家人。正洙，如果你还活着，你就尽管骂我、恨我吧，我心甘情愿地接受你的诅咒。

"我还活着。为了走出这里，我正咬紧牙关坚强地活着！求你别再说这种绝情的话了！"

——谁都不相信你还活着，现在我也这么想。正因为你已经死了，所以我才心安理得地说出这样的话。这句话是很残忍，可因为我知道你已经听不到如此残忍的话，所以我就大胆地说了出来。相信你已经死了，这是我和人们和平共处，维持和平日子的唯一选择。所以，所以我认定你已经死了。不，不是认定，应该说你的死亡是既成事实。

"疯了，你们都疯了！我没有死，我还活着！你听听，我在大声呼喊！"

——实在对不住。我爱你！即使你已经死了，可我仍然爱你，我一生只爱你一个，我永远不会忘记你的。

"少给我胡说八道！我活得好好的，你们为什么把我当成死人来对待！你说过你相信我，相信我肯定会活着走出这个隧道！”

李正洙流下了眼泪，同一时刻金美真的哽咽声也通过电波传到了李正洙的耳朵里。听到金美真的哽咽声，刚才还暴跳如雷的李正洙突然安静下来了。他倚靠在车门的身体慢慢地瘫软下去。他已经感觉到了美真和秀珍所经受的痛苦和煎熬。美真的哽咽声已经告诉他这所有的一切。

——别忘了我们。哪怕到了那个世界也别忘了我和秀珍，别忘了我们的爱情还没有结束，别忘了我们还有很多的事情要做。我们还要留下更多美好的回忆。可你也不要因为先走一步而感到冤枉，我会永远记住你的。你也说过，记忆就是为了在头脑中再现过去的生活。我一定会记住的，我会天天在头脑里再现我们幸福的日子。我爱你，我爱你。

“该死！都他妈的该死！统统去见鬼吧！”

——我爱你，我爱你。我真心爱你！

“狗娘养的，你们好好听着，我还活着，还活着！”

——我爱你，爱你，爱你！

“等我出去我要杀了你们！狗娘养的，统统去死吧！”

——我爱你，爱你，爱你。

李正洙挣扎着支起了身子。他摇摇晃晃地爬进车内，像疯子一样翻起了汽车前排座。早已熟悉了黑暗，他很快摸到了一个打火机，他打开打火机观察了四周。收音机里仍然传出金美真“我爱你”的哭喊声。他从后视镜里看了一眼自己。恶魔，是个只剩一副骨架的恶魔形象。他喃喃自语道：

“是啊，也许我早已死了。我早已经是一个亡灵，只不过自己觉得自己还活着。我真的死了吗？现在的我真的是一个孤魂野鬼吗？”

——我爱你，我爱你。

李正洙打开面巾纸盒，地面上白色的手纸铺满了一地。

“真要是亡灵的话应该尽早在这个世界消失。好的，我会保护你们的，我一定会保护你们母女俩不受到那帮混蛋的伤害，我用我的死来保护你们母女俩。这是我的义务，也是我能够保护你们的唯一的方法。”

李正洙往手纸上点了火。火苗窜起，火焰顿时吞掉了车身。收音机里不停地传出金美真悲切的呼喊声。

——我爱你，我爱你，我爱你。

“美真，我也爱你，我也真心爱你。还好，多亏有你的声音陪伴，多亏有你的呼喊陪伴，我死也感到很幸福。”

——我爱你，我爱你，我爱你。

“我也爱你，爱你，爱你。”

——我爱你，我爱你，我爱你。

“我爱你，爱你，爱你。”

——我爱你。

“我也爱你。”

——我……爱……你……

“我……也……爱……你……”

——爱……你……

“我……爱……你……”

李正洙被困隧道第三十二天。救援行动终止第二天打通了隧道入口。在隧道中部人们发现了烧焦了的汽车。李正洙的自杀时间被推断为两天前。一直叫嚷李正洙早已死亡的媒体和舆论都陷入了沉默之中。

李正洙死亡第三天举行了葬礼。葬礼在一片沉寂中进行，没有一个人前来吊唁。巨额的抚恤金发到了金美真的手中。

李正洙死亡第五天。

金美真获得巨额抚恤金的消息通过媒体传开了，舆论将李正洙的死亡归罪于金美真。发现新的整人游戏的人们重新坐在电脑前面敲起了键盘。他们有条有理、认认真真地编造金美真逼死自己丈夫的经过。

人们重新聚集在了金美真的公寓。这次整人游戏的对象是一个逼迫丈夫走上自杀绝路的“女巫”。认定李正洙早已死亡的人们一夜间改头换面，以善良的面孔重新出现在舆论的平台上，带头指责金美真丧尽天良的恶行。金美真也以十恶不赦的杀人犯的身份出现在了舆论的法庭。

11　猎杀女巫

李正洙死亡第十五天。

金美真的生死搏斗并没有因李正洙的死亡而结束。仍有一大帮人围住金美真的公寓攻击谩骂，媒体死死咬住金美真给李正洙的最后一封信不放。他们把李正洙的死亡归罪于金美真，认定她诱导李正洙自杀，所以金美真应该负法律责任。有些人把金美真的行为说成是间接杀人，也有人说由于金美真把一个活生生的人逼上自杀的绝路，因此应该认定是直接杀人。

李正洙留下的遗物也成了他们的话题。隧道现场出现的李正洙为秀珍生日准备的蛋糕，李正洙死亡那天写的最后一封信在传到金美真手里之前也被媒体公开了。李正洙的一片爱心成了人们更加憎恨金美真的素材。人们攻击金美真无情地践踏了李正洙纯真的爱心。也有人说金美真是为了获取巨额的抚恤金而有计划地谋杀了李正洙。

有一家网站甚至宣扬金美真早已另有所欢的荒唐言论。由于李正洙每周末才回一趟家，金美真寂寞难耐便与一个旧日的同学发生了婚外恋。网站添油加醋地编造事情经过，使人们信以为真。

更有一些人还成立了声讨金美真的贴吧。贴吧很快招来那些喜欢品头论足、惹是生非的人，仅两天会员就超过了几十万人。吧主以“真实”的名义开设网页，搜集之前的谣言编造所谓子虚乌有的事实发表在了网页上。贴吧一设立，舆论立刻转载了贴吧的谣言，会员更是呈几何级数增长。

舆论已经不再提金美真的其他事情，他们只是根据贴吧炮制的“事实”向民众呼吁必须对她施以最严厉的惩罚。

一些会员还发起示威活动，并带头来到法院和她的公寓前进行了签名活动。事态越来越恶化，谣言一时铺天盖地。有人居然制造秀珍并非李正洙的亲生女儿，而是金美真和那个相好的同学的私生子的谣言，在民众当中再次掀起了波澜。他们的谣言全都是刺激性的，极大地迎合了那些喜欢搬弄是非的人们的口味。金美真的沉默更使人们把这些谣言当作事实来对待。丈夫去世仅十五天，天天在群魔乱舞的地狱里受煎熬的软弱的寡妇哪有力气反驳这些谣言？面对铺天盖地的谣言，面对非要把自己置于死地的人们，金美真没有勇气站出来辟谣，即使浑身都是嘴也无法为自己辩解。人们将心灵深处最肮脏的本性赤裸裸地暴露出来，公开谩骂金美真是世上最无耻的淫妇。这是一场欧洲中世纪残酷迫害成千上万无辜妇女的“猎杀女巫”惨剧的再版。只要她一天不消失，只要众口铄金的“大众”一天不消失，只要电脑和舆论一天不消失，这场猎杀女巫惨剧就不会落下帷幕。

"真实贴吧"制订了对金美真的诉状，热衷于诽谤金美真的三十多个会员以所谓的"实现正义"的名义签了字。舆论立刻称颂他们是"实现正义社会的先驱"。戴上口罩的诉状制造者们堂而皇之地站在摄像机前面竖起了两个手指头，俨然成了实现正义的"胜利者"。吧主也随之成了舆论的偶像和正义的化身。整个社会将金美真推进了无尽的深渊。

扣在金美真头上的是杀人、通奸、欺诈等莫须有的罪名。他们和舆论以及"大众"硬是将金美真逼成一个巫女。

专家召集了记者见面会。事情恶化到已经有人提出诉状的地步，良心告诉专家必须站出来保护金美真。几天前李正洙的最后一封信传到了他的手中。那是李正洙在熊熊燃烧的火焰前写的。也许痛苦至极，内容十分简短。

——专家先生，如果这是保护我家属的唯一的方法，那么我就欣然接受。余下的事情拜托您了，请保护好我的妻子和女儿。

这是一封泪迹斑斑的信，字里行间充满悲伤。专家堂堂正正地站在了众记者前面。

"李正洙已经死了，你们还要闹到什么时候?"

会议室里没有一个记者出声，只有镁光灯在闪亮。在救援前线战斗到最后一刻的专家成了败兵。当初叫嚷停止救援的人们如今反咬一口，说专家才是将李正洙逼上绝路的第二个罪人。李正洙的这封遗书彻底揭穿了他们嫁祸于人的阴谋。

“当初一再叫嚣停止救援的人都上哪去了？污辱、诽谤、行使暴力的那些人都上哪去了？李正洙死了，这不是你们最希望看到的结局吗？可你们为什么还要编造各种莫须有的罪名继续攻击他的遗属呢?!”

记者们只是默默无闻地记录专家的发言内容。他们谁都没有抗辩。自己没有任何理由，他们每个人都心知肚明。可遇到危机人们都有保护自己的本能。历史已经证明了这一点。在这个心理的驱使下，人类很早以前就学会了移花接木、转移话题的拙劣行为。记者们也一样，他们急切需要替罪羊。他们知道自己编造的报道伤害了一个无辜的生命，于是他们又开始耍起了金蝉脱壳的手腕。

这个替罪羊就是专家。记者们断章取义地报道专家的讲话，于是专家一夜之间变成了丧尽天良的人。

——将责任推给舆论，如此专家还有什么资格?!

——拒绝舆论审判的事故现场负责人。

——抗拒正义，救援责任者的最后挣扎。

舆论愤怒了。攻击的矛头直指专家，报道千篇一律指责专家回避责任，将放弃救援的责任推向大众。尽管专家一再申明被困者还活着，救援队正在输送含有维生素的水延长被困者的生命，可报道却肆意歪曲专家的讲话内容，片面强调专家最后讲的一句话：因大众和舆论的压力不得不放弃救援工作。

看到这些报道，大众也因为有了替罪羊而得到解脱。他们都在为自己鸣冤叫屈，推脱将被困者置于死地的不是自己，而是专家。

他们认为如果专家真的有足够的信心救出被困者，那么大众和舆论的压力再大也应该坚持救援，不应中途放弃不管。也有人说专家明知被害人还活着却擅自放弃救援，这才是见死不救的间接杀人行为。

没有一个人在反省自己。

如果专家找他们每一个人质问，他们没有任何理由反驳，只好低头认罪。然而眼下由若干个人形成一个“大众”群体，他们仗着人多势众极力把自己的观点正当化。专家也明白仅凭自己的一张嘴永远斗不过大众。他们的声音不是某一个人的声音，是一个群体的声音。正义与某一观点的对错无关，只要多数人认为那个观点是对的，那么那个观点就会成为正义。于是不管它有多么拙劣、邪恶，只要多数人认为是对的，那么它就可以堂而皇之地戴上正义的面具。

专家忽然想起了年轻时候大学心理学教授的一段演讲。

“只要多数人相信，无论多么荒唐的理论都可以成为代表正义的理论。只要多数人认可，非正常的思维也可以成为正常的思维，这就是社会。所以我在这里劝告大家尽量不要与多数人唱反调。你们将要毕业走上社会，同学们当中也会出现步入政界的人，别忘了在社会生活中即使多数人的意见不正确也要跟随多数人。

政界的人比我们更擅长心理学，所以他们才能当上总统，才能当上国会议员。如果无视多数人的意见，你会背上反叛者或者不正义的黑锅。我们必须学会忍耐，遇到再大的冤屈也要学会忍耐。对多数人的意见我们只有选择‘默认’这一条路。如果你实在看不下去而提出了一些反对意见，那么最好立刻跪下来向多数人谢罪。他们坚信正义一定会战胜邪恶，只要你跪下来向他们谢罪，他们虽然问罪但不会那么严厉。因为你的谢罪会使他们感到胜利的满足感，有可能还给你施以慈悲。

战胜了你这个异端分子，他们紧接着还要寻找下一个惩罚目标。也就是说继续寻找与自己不同观点的人施以打击报复。大多数人的真正目的不是什么‘正义战胜邪恶’，而是惩罚拥有不同观点的某个人，整人是他们的唯一乐趣。”

想到这里，专家自言自语般地说道：

“我是不会跪下的，我不会成为歪门邪道的败将。教授还说过一句话，尽管多数人的意见形成正义，可如果少数战胜多数，那么他就会成为斗士！我不怕流血，我不怕牺牲，我要成为一名敢于战胜多数的斗士！”

人们的行为渐渐升级，动不动闯入公寓，敲打金美真的家门。一开始有个人带头去敲门，接着很多人一起上去用不堪入耳的脏话谩骂金美真，使劲敲打她的家门。警察过来强行驱散人群，事态才得以平息。

人群撤了，金美真好不容易恢复了平静。她在家里默默地看着李正洙的遗书。直到她在电台最后一次露面为止，李正洙还是相当自信的，虽然经常说肚子饿、想回家，但在这些话后面总是带一句“可是……”。读着丈夫的遗书，金美真情不自禁地放声痛哭。她真想跑出去向众人大声呼喊，你们为什么要如此折磨我?!

“我已经失去了所有的一切，可人们为什么还在折磨我、诽谤我呢？难道你一个人的死还不够？我还要向他们送上多少刺激性的礼物他们才能安静下来呢？活着实在是太累了。”

写给爱妻的最后一封信

“已经没有时间了。看来只好按你说的那样结束这一切。我还真的不知道自己是还活着还是早已死亡。等待救援的也许不是活着的我，而是早已离开我躯体的幽灵。他们说得也许是对的，为了救出早已死亡的人而连累别人，这实在不应该。救援队进来了，可发现的却是一具早已腐烂的尸体，这该是多么恐怖的事情。但是，不管怎么样，如果这封信传到你手里，至少在写这封信的时候我还没有死。真的希望这封信能传到你的手里，这样你也能知道我写这封信的时候还活着。我爱你，我真心爱你，你是我唯一的爱。如果这是最佳方案，如果这是寻求大家幸福的唯一方法，那么我欣然服从你的决定，我决不会埋怨你。保重！”

12 肮脏的欲望，社会性杀人

金美真一大早被警察传唤，在警察的押送下前往警署。有人向警署递交了诉状，因此金美真必须接受调查。为了保护金美真，警方动用了三辆警车和一个专门护卫组。然而对金美真的关怀只是形式而已。当金美真一上警车，车内的警官就叼起了香烟，像是故意说给金美真听一样，大声朝身旁的年轻警察说：

“这他妈的是什么世道？接手过的案子多了，像这样的案子还是头一回。”

年轻警察小声劝那个警官不要再说下去，可警官却满不在乎地说道：

“怎么，我说得不对吗？”

金美真默默地走进了警署。看到金美真进来，等待她的刑警起身走到审讯室。在小小的审讯室里金美真诚实地回答刑警的问话。刑警向她解释沉默权之后寻问她的姓名和身份证号码。金美真像罪犯一样战战兢兢地回答了刑警。刑警向她陈述了诉状的内容。面对像小说一样荒唐无稽的诉状，金美真真想大声提出抗议。可她就是喊不出声来，似乎突然间变成了哑巴。公众舆论已经把她认定为罪人。来自公众的力量压得她喘不过气来。

“有关通奸的内容因证据不足排除掉了。当然有关私生子的内容也排除在外。可对杀人内容还要做一些调查。看看那天是……哦，是晚上十点。”

对有些不用金美真必须回答的内容，刑警自己填了上去，而进入正题刑警则一针见血地质问起来了。

“你通过电台强迫丈夫自杀，这是事实吗?”

“……”

“这里有证据。电台给我们提供了当时的录音材料，你不会否认吧?”

金美真一时不知怎么回答是好。沉默片刻，她还是回答“是”。因为她确实向李正洙提起过自杀。

“如果他死了就会得到更多的赔偿金，这一点你是早已知道的?”

“不知道。”

“那你为什么要逼迫丈夫自杀呢?”

“人们都说他已经死了，说没有什么希望。我害怕，他们天天堵在我家门口，我实在接受不了他们的暴行。”

刑警的嗓门一下子提高了：

“仅仅因为害怕，你就逼迫丈夫自杀?”

金美真立刻反驳道：

“刑警先生，您遇到过这样的情况吗？”

“情况再糟糕也不能逼丈夫自杀呀？哪有逼迫丈夫自杀的女人？要是我老婆这样做，我会一辈子诅咒她的。真不像话！”

像是听到了一句不堪入耳的脏话，刑警抠了一下自己的耳朵。金美真没有做出任何举动，她只是低下头默默地接受刑警的调查。审讯持续了很长时间。面对一问一答式的审讯，她只能反复“是”和“不是”两句话。刑警熟练地编写调查资料，末了，他提出最后一个问题。

“还有什么话要说吗？”

金美真犹豫了一下。刑警说如果没有的话可以不说，说完他想结束这次审讯。

“请等等。”

“有话要说吗？”

“我爱我丈夫。没错，要他自杀的是我，我是罪人，可我是爱他的，现在也依然爱他。他是为保护我和我们的女儿牺牲的，是为了保护自己而牺牲的。听起来有些虚伪，可我还是想用‘永远’这个词。因为只有这个词才能最确切地表达我们夫妻的爱情。不管别人信不信，我是爱他的，他也爱我。”

刑警皱了一下眉头。他用不解的目光望着金美真，然后将金美真长长的辩解简写为一句话记在了调查资料里。

——请求从宽处理。

专家接到了辖区警署的传唤，他心里明白对自己的追责已经开始了。进到警署他也被带到了审讯室。负责审讯的刑警客气地问他要不要咖啡，专家回答不需要，要求尽量缩短审讯时间。审讯按照惯例从确认他的身份开始，刑警问他事件的经过，专家慎重地回答道：

“上头命令我们停止救援，可我一再主张继续救援。于是上头要求我召开记者见面会，要是能够说服舆论就可以继续救援。我立刻召开记者见面会说明被困者还没有死。别忘了最早提出停止救援的绝不是金美真，而是舆论和上头的官老爷们。间接杀人？这个罪名应该加在那些喜欢捕风捉影的民众和贪污挪用工程款的建筑公司以及管理部门的头上，还有滥用职权的那些官老爷们。”

专家的回答逻辑严谨、无懈可击，刑警不得不换了个方向提问。

“有司机酒后驾驶导致人命事故，对此您怎么想呢？是不是构成渎职罪呢？”

“渎职罪？那是救援队下班以后发生的事情。据我了解是在凌晨一点钟发生的事故，我们的下班时间是六点，整理作业现场也不超过七点。救援队不存在工作时间酒后驾车的行为，我们没有那么多的人力去管理员工下班以后的行为。警官先生我们不妨从另一个角度去思考问题。假如警官先生的一个部下下班以后与人打架斗殴酿成了事故，当时警官先生毫不知情，只是在第二天通过新闻才知道。那么对警官先生追究渎职罪也是合理的吗？员工下班以后惹的事为什么要成为衡量我和金美真道德品性的尺度呢？”

刑警再次被问住了，按照上头和记者的意愿杜撰调查资料并没有想象得那么容易，刑警有点儿慌了。自己负责的案子如果得出没有嫌疑的结论，无疑要受到舆论的攻击。此时此刻审问者和被审问者的立场完全颠倒过来了，与专家沉着冷静的态度相比，刑警的额头上早已涔出了滴滴汗珠。

“我们换一个话题吧。当时您真的确信被困者李正洙还活着吗？”

“是。”

“如果真的确信李正洙还活着，那么尽管压力再大，不管家属如何要求，您作为负责人理应坚持自己的主张。可您却没有这么做，这又怎么解释？”

专家露出了一丝苦笑。

“你在讲道义方面的问题吗？很遗憾，即使我在这里承认，也不会承担法律责任。我的回答可能会让你失望，因为我的回答只能使我们社会的道德观受到污辱。即使你问的只是道德范围内的问题，我回答还是一样的，我没有做过对不起被害人及其家属的事情，我尽了我应尽的义务。我有义务保护被舆论迫害处于绝境的被困者家属。金美真在精神上已经崩溃了，她的女儿秀珍也呈现抑郁症状。我坚信李正洙还活着，可我又无法说服所有的人。人们都认为李正洙已经死了，他们的力量太强大，远远超出了我的能力范围。即使我没有下令停止救援，救援照样进行不下去。如果我不顾上级的命令一意孤行坚持救援，那么会引发什么样的后果呢？相信过不了几天就会发生强制性中断行为的。首先是村民会到救援现场闹事，然后是各个社会团体到救援现场阻挠，最后还会有上头官老爷们利用公权力阻止我。你不这么认为吗？”

专家又一次胜利了。刑警意识到任何语言都斗不过对面的这个人。刑警灵机一动，试图将所有的责任全部扣在金美真头上，于是巧妙地改变了话题。

“李正洙先生的直接死因是火灾吧？”

“是的。”

“是李正洙用打火机点燃手纸而引发的火灾，应该说是故意纵火，对吧？”

“是的。我们认为是他故意纵火，自行了断性命。”

“死亡时间是金美真在电台给他发出自杀信号的那个时点，对不对？”

“……”

专家一时不知怎么回答才好，他后悔自己没有及时看破刑警的意图，专家的面部肌肉抽搐了一下。刑警露出了胜利者的微笑。

“李正洙的死被推断为听到金美真的广播之后，是属于自杀行为。我也接到了调查结果。对这个问题您是怎么想的？”

"你想把所有的责任统统推给金美真一个人是不是？你认为导致他死亡的罪魁祸首是他的妻子金美真？那么我问你，逼迫金美真说出那样的话的又是谁？"

"是啊，那是谁呀？您能说出那个人的姓名吗？"

"……"

刑警的嘴角再次翘了起来。专家有苦难言，连连发出叹息声。现在他们正在红着眼睛寻找一只替罪羊，而手无缚鸡之力的金美真是再合适不过的人选。金美真将要承担所有人的罪过，这是人们共同的意见。专家从衣兜里掏出了香烟。

"我能抽支烟吗？"

刑警点了一下头。审讯室本来就很小，仅几口烟屋里便充满了烟雾。借着烟雾专家沉入了沉思之中。刑警算是有一定耐性的人，他一直在等专家开口。烟抽到一半，专家终于开口了。

"你们需要一个垫背的，猎杀女巫行动这就开始喽。"

"……"

"我虽然点不出具体名字，但你不是也看到了，当时有成千上万的人逼迫金美真。金美真是被逼的，真正逼迫李正洙自杀的正是那些人。"

"严格说来他们的行为充其量只构成诽谤罪，其中还有不少人仅仅是发表自己的见解而已，也构不成什么罪名。有人提出李正洙可能死了，这仅仅是他的个人推断，是站在某一伙人的立场上替他们说话而已，这与杀人行为截然不同，也谈不上是诽谤罪。我们韩国是民主国家，自由发表个人意见是宪法赋予公民的基本权利。”

刑警具有与众多犯罪分子打过交道的经验，他列举了一些案例。专家无言以对。刑警继续说道：

“对散布谣言的人，我们可以按诽谤罪予以追究。比如有关金美真通奸的谣言，有关金美真私生子的谣言都构成诽谤罪或诬陷罪。可在李正洙的死亡问题上金美真恐怕难辞其咎。因为谁都没有跟金美真说过必须要杀死李正洙，他们只是做出了李正洙可能死亡的推测而已。”

专家默默地望着刑警。从法律的角度上看他们分明是无罪的。的确，他们并没有公开支使金美真去杀死李正洙，说李正洙已经死亡也只是他们的推测而已。为了拯救一个生死不明的生命，山村老人的生命也受到威胁，他们只是为那些生命受到威胁的老人代言而已。难道他们的举止真的是代表正义的？难道我的主张真的是错误的？专家不禁开始怀疑自己的信念。为了解开心中的疑问，专家反问刑警，说道：

“这么说谁都没有责任？我总觉得你的意思是说金美真的一举一动与他人毫不相干，纯粹是金美真自己的判断和选择。是这个意思吗？”

刑警毫不犹豫地回答：

“选择权在金美真手里。就是说能不能救活李正洙只有金美真才能决定。握住炸弹导火索的是金美真，要不要引爆炸弹，选择权也在金美真手中。”

“你在说整个事件的结果吗？可是你要知道这个结果产生的过程中分明有一伙人逼迫她引爆炸弹。”

“是谁逼迫她的？是谁拿着刀逼迫她引爆炸弹的吗？我敢肯定在这个过程中没有任何人以暴力行为强迫过她。”

“你说的是看得见的暴行，可对人类来说还有一种看不见的暴行，这个你想过没有？”

“至于看不见的暴行不是我的职责范围。我只是在法律常识的层面上提出质问而已。”

专家又点了一支烟，他深深地吸一口望了望天棚。天棚上挂着一盏日光灯，在日光灯照射下天棚白茫茫一片。此时他的头脑也一片空白。刑警也掏出一支烟点上了。两个人默默地抽着烟，进入了短暂的休战状态。烟抽完了，可两人还是默不作声。两个人都在试图将对方的想法移植到自己的意见之中。然而还是判断不出谁是谁非，思绪变得越来越复杂。专家认为这是由舆论造成的一场悲剧，可刑警却认为这是由金美真错误的判断而导致的杀人事件。两个人对待民众态度的意见也截然不同。专家认为把李正洙逼上绝路的是所谓的“民众”，而刑警认为舆论的呼声仅仅是自由与民主的一种表现形式，双方的意见都是对的。最后还是刑警先打破了沉默。

“如果是我，会是怎么样呢？”

与专家对话，刑警感觉思维越来越乱了。专家觉得此时最好的方法就是换位思考，于是开始诱导刑警。

“咱们不妨做个这样的假设。你的妻子被困在了隧道里。你认为妻子还活着，可局外人都认为她已经死了。就在这个时候因隧道未能及时抢通出现了另外的被害者。于是人们指责你，说为了抢救一具死尸而害死了一个鲜活的生命。他们开始围攻你家，在你家门口天天静坐示威，也有人上去敲打你家的门逼迫你出来接受处罚。这时你的女儿又生病了，可他们堵住你的家门阻止你带女儿上医院。他们朝你扔鸡蛋污辱你。这时你会怎么样？是的，感到非常委屈。你的妻子被困在隧道，其责任完全在于施工部门，可人们认为就因为你的妻子被困在隧道里才使另外几个人受害。大家都说你的妻子已经死了，于是你也不知不觉被他们同化，觉得妻子真的有可能死了。尽管你坚信妻子还活着，可舆论一再向你发动攻击，于是你也无意中渐渐认同多数人的说法。还有一点，你也知道与众人对立的结局。与众人对立结局很显然，一辈子要被他们诅咒。于是出于生存本能不知不觉为自己设下一道防线。为了你自己和你的女儿，你的思维慢慢地随从他们。如果救援队历经千辛万苦打入了隧道，可见到的真要是一具早已死去的尸体，那么你会受到比现在更大的打击。这种不安和恐惧的心理迫使你不得不接受众人的说法，最终认定妻子已经死亡。”

刑警闭上了眼睛。他在努力使自己成为此次事故的主人公。专家用沉着冷静的口气继续说道：

“为了向大家表示自己已经接受了众人的意见，你亲自来到电台表白自己的观点：我也认定妻子已经死了，请大家不要再为难我和我的女儿。你以妻子生命为代价求得大家的安慰和同情。”

“啊，很有可能真的会这么做……”

刑警做出了肯定的回答。专家坐在桌子那一侧向刑警倾了一下身子。

“然而后来才知道你妻子并没有死。想想看，这个时候谁最绝望？是煽风点火的那些人？还是你本人？真正的杀人犯是谁？是你？还是他们？是的，真正杀人凶手不是你，而是他们。可他们却谁都不承认自己的杀人行为。所有的人都想求得上帝的原谅，都想表白自己的清白。他们又开始指责你，说你就是杀死自己妻子的凶手。他们将自己的杀人行为抛在脑后，极力把罪名扣在你的头上。他们还散布子虚乌有的谣言。然而遗憾的是你根本没有力气与他们抗争，因为一旦抗争你将成为众矢之的，受到更严厉的惩罚。只有一种东西才能敢于同民众抗争，那就是权力，权力能够左右民众。而舆论又是权力最忠实的部下，舆论代替权力左右民众。权力的作用至高无上，舆论是权力左右社会的棍棒。”

刑警睁开了眼睛，他注视着专家。他的眼神在示意“该我说两句了吧?”专家会意地点了一下头。刑警已经忘了自己眼下的任务是整理调查材料。他只想多多交流，只想从相互的交流中达到某种共识。

“打开电视，新闻节目里报道隧道坍塌的消息。有一个男子被困在隧道里，他是一个家庭的家长，是孩子的父亲。一开始舆论都在同情他，我也一样同情他。可是由于隧道坍塌，附近的人上医院要绕道而行，于是发生了老人因得不到及时救助而死亡的事件。我开始考虑为了一个人而牺牲多数人是不是合理。我也憎恨不负责任的建筑公司，憎恨管理部门的不作为，憎恨权力者的贪欲，可我觉得眼下当务之急不是追究他们的责任，而是解除当地多数人的后顾之忧。于是不知不觉地埋怨起被困在隧道里的那个人。我的潜意识告诉我，附近老人死亡的直接原因是被困在隧道里的那个人，为了多数人的生命他应该牺牲自己。可我还不敢公开提出我的想法。因为直到这个时候，舆论还是倾向于隧道里的那个人。如果我擅自提出自己的意见有可能招致毫无人性之徒的罪名。在这期间又发生人命案，又有一条无辜的生命离开了人间，甚至发生了救援人员酒后驾车致人死亡的事件。这时有人编出了一条足以使人信以为真的谣言，说隧道里的那个人已经被困几十天，从现实上考虑那个人根本不可能活到现在。这一谣言一经出炉立刻得到大家的认可。啊！这里我再次强调我是当初就对那个被困者持不满情绪的人，只是怕成为众矢之的而没有提出这样的见解而已。当舆论都在同情被困者的时候我还是持反对意见，只是没有公开发表罢了。现在舆论已经倒向了老人一方，于是我也心安理得地提出了自己的想法。”

虽然与自己的想法完全相反，可专家还是点点头表示理解对方的心情。专家也学刑警的样子闭上眼睛试图换位思考。

“我们已经做出了死亡判断。因为我们不是家属，因此自认为这是客观的判断。可我们不能说杀死一个活着的人，因为我和他们都没有丧失理智。我们只是偏向于已经死亡的意见。这时，他的家人在大伙的鼓动下改变自己的想法，通过电台，要丈夫结束自己的生命。可我并没有这样要求，也丝毫没有让活着的人结束自己生命的意思。我只是猜测那个人有可能死亡，并没有要求家属让一个活着的人去结束生命。我只是站在多数人的立场上帮助弱者说话而已。可后来才知道那个人居然还活着。我意识到自己的行为就是犯罪行为。啊……！”

刑警发出一声感叹便闭上了嘴。专家仍闭着眼睛专心致志地听刑警的话。刑警再也没有声音，专家便睁开了眼睛。刑警正在低下头抓着自己的头发。他沉浸在无尽的负罪感之中。专家欲言又止。刑警的眼神里充满疑惑，专家已经看出眼前的这位刑警似乎有所醒悟了。专家再次赢了，他耐心地等待刑警的下一句话。沉默片刻，刑警又开口了。

“这里存在着一种谬误，是致命的谬误。”

“现在明白了吗？”

“用语言难以说清的谬误。怎么说好呢？”

专家为刑警指点了“难以说清”的那个谬误。

“这个谬误来自对李正洙‘已经死亡’的误判。人们一直在辩解李正洙已经死亡，更令人气愤的是他们一直在辩解如果知道李正洙还活着就不会逼他走上绝路。他们极力否认自己的初衷已经发生了变化，同时他们还想极力转嫁自己的负罪感。就像天平总是朝着重的一方倾斜一样，他们也试图朝着有利于自己的方向倾斜。这是将事件的原始责任推给某一个冤枉鬼的可怕的阴谋。”

刑警连连点起了头。专家继续说道：

“事情是由伸张正义开始的。老人们及时得到救助就可以挽救他们的生命，救助者酒后驾车酿成人命事故从而引发众怒，这一切都是合理的想法和行为。可人们的这一合理的想法和行为却被某些人利用了。舆论侵害了每个人的思维，这一切的始作俑者就是权力。我们忘记了这一点。这是一场典型的‘猎杀女巫’行动。你不这么认为吗？”

刑警再次陷入了困惑之中。如果认同，自己也将背上杀人同谋的罪名。看到刑警难堪的面孔，专家伸出一只手轻轻地拍了一下他的肩膀。

“搞不清楚吧？说句实话我也搞不清楚什么叫正义。老人不幸去世了，可我还是坚持救援隧道被困者。你呢，一直站在保护老人的立场上。我们谁都没有错，只是产生了不该产生的副作用而已。如果执意要弄清谁是谁非，只能说是那些不讲妥协一意孤行的人。

他们在某一瞬间忘掉自己的初衷，被某些居心叵测的人利用了。他们一开始都是为了正义而站出来的，可不经意间被那些人蚕食了，无意间成了那些当权者的傀儡。”

刑警握住了专家放在自己肩膀上的手。刑警从专家的一席话中找到了适当的解答。可专家和刑警同时又遇到了另一个危机。那些人正在寻找另一个攻击对象。权力是他们最痛恨的攻击对象，而专家和刑警事实上也是这个社会的当权者之一。专家和刑警都在有意回避有关权力方面的问答。他们心里明白，无休止的争论一再升级，最后就连自己都有可能成为加害者之一，他们谁都不想背上罪人的黑锅。刑警有意转移话题，试图结束这场争论。

“当初我们都不应该参与这件事情。我们应该忠实于自己的工作，不应该偏向于某一方，让老人和被困者双方自己寻找一个相互妥协的方法。好啦，今天的讯问就到此为止吧。我会在适当范围内整理调查材料的。”

专家默不作声。其实他也希望早点结束这个无休止的争论。

金美真走出警署，上了专门为她安排的警车上。她向警官请求能否把自己送到娘家。警官问她娘家住址之后改变了目的地。一路上车上的人一言不发，车里一片死寂。离开喧闹的市中心，警车沿着安静的乡村道路驶去。金美真始终低下头将身体深深地埋在后排座的角落里，唯恐碰上警官不太友好的视线。警车停在了离城市不远的一座村庄边上。坐在副驾驶座上的警官开口问了一句“是这个地方吗?”金美真点着头说了声谢谢，深深地向警官弯下了腰。此时的金美真活像一个做错事向大人求得原谅的小孩子。她一下车，警车就一溜烟似地返回去了。看着警车离去，金美真不禁长长地呼了一口气。娘家显得特别安静，这里没有人向她扔鸡蛋，也没有人向她吐唾沫。她迈着沉重的步伐朝娘家院子走去。走进院子直觉告诉她这里很安全，于是放声喊了一声妈妈。农家拉门打开了，首先跑出来的是女儿秀珍。“妈妈来啦!”秀珍连蹦带跳地跑过来扑到金美真的怀抱里。妈妈也满面愁容地跟在秀珍后面出来了。看到女儿憔悴的面容，老母亲不禁流下了心酸的泪水。

“妈，我要带着秀珍出去一趟。”

“午饭呢?”

“在外面吃。”

“要去哪?不怕被人家看见?”

“不要紧，我想带秀珍出去透透气。”

金美真没进屋，坐在门前地板上准备了一下出门用的东西。她有意避开妈妈的泪眼，一直盯着女儿秀珍的脸。

“要不要打车?”

金美真点了点头。趁妈妈回屋打电话，金美真让秀珍坐在自己的膝盖上，说道：

“我们去儿童游乐园好吗?”

"现在?"

秀珍的眼睛顿时瞪大了。

"嗯，现在就去。我们去坐旋转木马，还要看皮卡丘和凯蒂猫。"

"爸爸来不来?"

秀珍的小脸上充满恐惧。以前去儿童游乐园从来都是一家三口一起去的。显然秀珍已经害怕人多的地方，更怕爸爸出现在人多的地方。金美真紧紧地抱住了秀珍。

"爸爸有事不能来，这次就我们两个人去，别害怕。"

爸爸不来，所以不要害怕，这话竟出自一个母亲之口！要是换别的孩子一听爸爸来不了早就炸锅了，这是再普通不过的心理常识。孩子在家里靠妈妈，可一到外面就会依赖爸爸。因为在孩子的心里爸爸是无所不能的。可秀珍却因爸爸有事不能来而眉开眼笑。金美真对着秀珍的耳朵悄声说道：

"从儿童游乐园回来我们去见爸爸。"

"不要。"

秀珍挣脱妈妈的怀抱使劲摇起了头，表情一下子阴沉下来了。

"怎么，不想爸爸了?"

秀珍点了点头，眼里早已噙满泪水。

"那里没有讨厌爸爸的人，爸爸住的地方没有任何人。爸爸在那里买了好多礼物等你去拿，还有蛋糕。”

秀珍一时不知如何是好。金美真用眼神示意女儿赶快回答。秀珍勉勉强强地问道：

“那里真没有别人吗？真的有礼物吗？”

“当然。爸爸住在很远的地方，那里只有爸爸一个人。他在那里已经买好礼物等着你。那里有漂亮的城堡，还有洁白的玉兔。哦，还有秀珍最喜欢的小白马和彩虹。”

“真的？”

“当然是真的。去不去？来，咱们拉个勾！”

“好啦，咱们已经定好了去见爸爸了。今天爸爸、妈妈，还有秀珍聚在一起好好玩一玩。在没有人的地方我们度过幸福快乐的一天。”

来到儿童游乐园，金美真买了皮卡丘和凯蒂猫面具。她还买了一条头巾。以前李正洙要给秀珍买印有米老鼠的头巾，当时李正洙说这样漂亮的头巾只配女儿秀珍戴。可美真嫌头巾太贵就是不让李正洙买，现在想起来后悔莫及。给秀珍戴上，秀珍果真变成一个美丽的小天使。秀珍也说这是爸爸上回要给自己买的。

“是的，是爸爸让我买的。爸爸说一定要戴着这条头巾去见他。”

“真的？”

“当然是真的喽。见到爸爸一定要说声谢谢，记住没?”

秀珍的小脸蛋上露出了天真的笑容。

儿童游乐园里四岁儿童乘坐的游乐器械也只有旋转木马、游览车。由于是工作日的下午，游客并不多，每个人脸上都露出幸福的笑容。游客大多是一家三口，也有成双成对的恋人。金美真朝过往的游客投以憎恨的目光。她向那些游客发泄无声的愤怒：他们当中肯定有向我们一家吐过口水的人，他们当中还有夺走我们一家幸福的恶棍。他们把我们一家弄得支离破碎，自己却在这里过着悠闲的时光。秀珍哪里懂得妈妈此时的心情，只是高兴得欢蹦乱跳。她一会儿与头戴同样面具的人握握手，一会儿向妈妈嚷嚷买这买那。每当秀珍嚷嚷要买这买那，美真总是二话不说就满足她的要求。秀珍高兴得合不上嘴。她觉得妈妈今天特别慷慨，自己要什么妈妈就买什么。

“高兴吗?”

金美真朝女儿问，秀珍点着头握住了妈妈的手。母女俩不顾天气炎热走遍了游乐场的所有角落。与兴高采烈的秀珍相反，金美真的表情阴郁不堪。这里曾经是他们一家三口共度快乐时光的地方，如今却少了一个亲爱的人，金美真倍感孤独、悲伤。

走在前面的秀珍在海盗船前面停下了脚步。

“妈妈，我要坐海盗船。”

“好，咱们一起坐。”

金美真欣然答应了女儿的要求，拉着女儿站在了等候队列的后面。海盗船忽高忽低，悠荡到顶端时还在半空中停顿几秒钟。秀珍拉着妈妈的手不时发出欢呼声。

“对不起。”

儿童游乐园的一位保安走过来站在了金美真母女前面。

“对不起，小孩儿不能入场。”

“为什么？上回我们夫妻俩还带着女儿坐过呢。”

“是的。如果爸爸在可以乘坐。园里规定禁止儿童与母亲一起乘坐海盗船。实在对不起。”

保安亲切地向金美真解释了儿童游乐园里母女不能乘坐海盗船的理由。金美真望了一眼秀珍。还好，秀珍只是失望地低下头，老老实实地接受了游乐园的规定。没有爸爸，孩子便无依无靠，这在游乐园里也体现出来了。母女俩只好乘坐旋转木马和游览车打发时间。时间过得好快，太阳快要落山了，秀珍的脚步也变得沉重起来。金美真蹲下身子一把抱起了秀珍。

“秀珍，现在我们就去看看爸爸好吗？去看看彩虹，看看小白马，看看爸爸为你准备的礼物，还要吃爸爸给你买的蛋糕。”

“妈妈我困。”

“没关系，等你睡一觉醒来就能到爸爸那里。来，妈妈抱你睡觉。”

秀珍半闭着眼睛点了点头。

出租车来到了乡下的一座别墅。乡下的空气比城里要凉爽得多，下了出租车秀珍立刻醒了。

“妈妈，我们到了吗?”

“没有，你再睡一会儿就到了。”

“这是什么地方呀?”

来到陌生的地方，秀珍有所恐惧，紧紧地搂住金美真的脖子问道。金美真让秀珍转过头来看看眼前的别墅。霓虹灯闪烁的漂亮的别墅立刻赶走了秀珍心中的恐惧。

“我们在这里睡一觉爸爸就会出现在我们面前。等我们醒来时就会看到挂在天边的彩虹，也可以看到庭院里奔跑的小白马。”

“嘻嘻。”

听着妈妈的解释，秀珍发出了欢快的笑声。秀珍的怀里抱着一大堆今天买的布娃娃。其中当中还夹着一只与美丽的布娃娃极不协调的黑色塑料袋。金美真站在别墅门前看着手机上的短信迅速地按下了密码。咔嚓！随着一声刺耳的金属摩擦声，别墅门被打开了。房间亮着灯，充满了温馨的气息。卧室一片白色，满地散放着秀珍喜爱的各种布娃娃。

“哇!”

秀珍的睡意一下子被冲跑了，她急忙挣脱妈妈的怀抱跑到布娃娃堆里。松木散发的浓浓松香刺激着金美真的鼻子。金美真走上二楼打开了所有的房门。她是在找约定时特意要求布置好的那个房间。

第三个房间门被推开了，金美真站在门外默默地看着房间内部的布置。房间的天棚上挂着夜光灯，中间是一张粉红色的床，床上有闪亮的公主服，还有包装精美的大小礼品盒。这时楼下的秀珍喊了一声妈妈。金美真朝女儿挥一下手示意让她上来看看。秀珍抱着比自己还要大的布娃娃艰难地爬上了二楼。

“这是你的房间，怎么样，漂亮吗?”

“哇!”

秀珍用她那小手捂住嘴巴惊呼一声。布娃娃从她的怀里滑落了下来。小屋里的礼物琳琅满目，都是以前从未见过的东西。秀珍快步走进小屋里问妈妈能不能打开看看。金美真微笑着点了点头。秀珍的小手开始忙乎起来了，每拆开一件便欢呼一声。金美真走过去帮着女儿一起拆开礼品包装。

“这是爸爸买给秀珍的。”

“爸爸?”

秀珍头都不抬问道。

“嗯。这小屋也是爸爸为你布置的。以后见到爸爸一定要说声谢谢，明白吗?”

“嗯。”

秀珍将注意力全部集中在礼物上，心不在焉地回应着妈妈的问话。这一切都是李正洙的计划。李正洙被困隧道的时候写了很多日记，其中也有“献给秀珍的小屋”的设计草图。这个小屋就是金美真按照李正洙的草图精心布置的。这里有李正洙想要送给女儿和爱妻的礼物。

“秀珍，这里还有公主裙。来，妈妈帮你穿上。”

金美真给心爱的女儿穿上了公主裙。头上戴王冠，手腕戴漂亮的手镯，脚上穿透明的水晶鞋，衣领上还扎了个蝴蝶结。秀珍一下子变成了从天而降的美丽的天使。

夜深了。礼物拆完了，布娃娃也玩够了，秀珍已经进入了梦乡。夜阑人静，万籁俱寂，只有夜空的月亮给金美真洒下忧伤的光线。下午在儿童游乐园里疯玩了半天，秀珍扛不住劳累枕着妈妈的膝盖昏沉沉地睡过去了。金美真伸出一只手轻轻抚摸了一下女儿的额头。她的手在颤抖，滴滴泪珠掉在了秀珍的秀发上。她低下头吻了一下女儿的樱桃小嘴。她抓住女儿的小手静静地听着女儿的呼吸声。她试图做出所有表达母爱的举动。要说从李正洙那里得到的最大的礼物，莫过于秀珍这个天使。这个小天使怎么会如此美丽、可爱呢？怎么会散发出如此纯真、耀眼的光芒呢？金美真强烈地意识到自己的原定计划正在受到情感的冲击。她的头脑里突然闪过了一个念头：还是我自己走，留下可怜的孩子吧……她望着夜空的月亮自言自语道：

“正洙，还是我们一起去吧？留下她一个人是不是太孤独了？你说呢？”

月亮没有回答，只是洒下忧伤的光线。金美真觉得不能再犹豫了，到了该做出决定的时刻了。

“我走了，秀珍肯定会成为他们的攻击目标。他们就是那种人，是一群宽待自己嫁祸于人的恶魔。他们会把秀珍说成独吞赔偿金的孩子。他们还会污辱秀珍是一个私生子，根本没有权利获取赔偿金。正洙，还是我想得对吧?”

试问人们谁敢说他们不会这么做？谁还敢说这是颠倒是非的荒唐的逻辑？事实上他们最清楚这是荒唐的逻辑，而把这个荒唐的逻辑变成现实的也正是他们。事实已经反复证明他们完全可以把荒唐的逻辑说成正义，等到真相大白时他们又来个金蝉脱壳，把责任推得一干二净，都成为与己无关的旁观者！

金美真慢慢地打开黑色塑料袋。塑料袋里装的是速燃木炭和一只不锈钢器皿。金美真的动作十分缓慢，唯恐弄醒睡梦中的秀珍。如果秀珍醒来，她的计划很有可能变成一团泡影。她将速燃木炭放进不锈钢器皿之后拿起了打火机。手在剧烈地颤抖，打了好几次就是打不着。似乎打火机也在诅咒金美真此时的行为：你心再狠也不能带着一个刚刚来到人世间的孩子离开这个世界呀！可金美真不顾打火机的诅咒仍在一意孤行。对她来说活在人世间是一种痛苦，活着比死还要痛苦。来自大众的没完没了的诅咒使她完全失去了抗争的勇气。群氓的力量是可怕的，由他们一手炮制的荒唐的逻辑和推论最终使她决绝地选择死亡之路。

打火机并没有折服她的意志。火苗在跳动，金美真握住打火机的手朝着不锈钢器皿靠近。随着火苗离不锈钢器皿越来越近，秀珍的呼吸声也越来越敲打着金美真的心房。孩子还在甜美的睡梦中，她无法知道自己的身边正在发生什么样的事情。对孩子们来说妈妈的怀抱是最安全、最温馨的，可这个孩子却遭到妈妈无情的背叛，在妈妈的怀抱中走向死亡。她这才四岁，可妈妈却执意要带她一起走上不归之路。也许趁不谙世事让她早早离开这个世界也是对她的一种祝福，也许早一点逃离大众的唾沫是一件幸事。

留给她们母女的只有眼泪、冤屈、愤怒和悲伤。这些情感的助威最终使金美真鼓起勇气点燃了速燃木炭，这些情感的助威也彻底消除了金美真最后的一丝后悔感。她轻轻地抱住了秀珍，抱得越来越紧。她听到了秀珍心脏跳动的声音。她的心跳频率与女儿越来越接近了。

“我的女儿秀珍，妈妈对不起你，对不起，对不起……”

她忽然觉得女儿秀珍像圣母玛利亚。她的忏悔一直在继续，直到失去意识。

“对不起，对不起，对不起……”

她感觉到自己和女儿的心跳越来越慢。

“对不起，对不起，对不起……”

意识已经模糊，浑身开始乏力，可她的双臂却更加紧紧地抱住了秀珍。

"对不起，对不起，对不起……"

心脏已经失去原有的功能，神智已经不能支撑她继续坐下去。她慢慢地倒了下去。

"对……不……起……"

她做出了最后的忏悔。这时秀珍突然发出噗哧的笑声。

"爸……爸……!"

这是她们最后一句忏悔。

金美真母女俩的尸体是第二天被别墅的主人发现的。前一天金美真一再嘱咐别墅主人要按时叫醒自己。主人按照预定时间来到别墅，看到的却是母女俩的尸体，于是主人慌忙打了报警电话。媒体同步跟进，第一时间报道了这一消息。

金美真死亡第三天，舆论又谴责她扼杀了自己亲生女儿，扼杀了一条无辜的小生命。金美真一家都死了，可人们还是咬住不放。对金美真的流言蜚语正在迅猛发酵、扩散。以金美真极力隐瞒私生子事实为主要内容的低俗小说充斥网络，不堪入耳的绯闻被他们包装成真实的事情扩散到社会各个角落。大众也为了免遭良心的谴责将自己龌龊、肮脏的想象当作事实接受了。

金美真死亡第十一天，失去泄欲对象的舆论终于消停下来了。

然而他们卑劣的行为并没有因此停止，为寻找另一个泄欲对象他们睁开眼睛就搜索网络新闻。他们需要继续发泄心灵深处最肮脏的东西并从中得到快乐。

13　最后

李正洙死亡一周年。

隧道重新开通了。开通仪式在人们的欢呼声中隆重举行。

建设豆腐渣工程的那家建筑公司的名字也镌刻在了纪念碑上，真是悲哀而滑稽。记者们蜂拥而至，可他们只为当权者歌功颂德，对去年发生的事故以及对事故的处理结果却只字不提。报道的内容几乎千篇一律："在社会各界的积极努力下隧道终于重新开通"。

他们早已忘记了这个世界上曾有过一个叫李正洙的家长，也忘记了金美真和秀珍母女俩。向一个温馨的家庭挥动刀子的那群人彻底被隐藏了。他们结婚生子，他们晋级升迁，他们为自己亲人的离去而挥泪。

他们的口舌和手指曾经把一个温馨的家庭逼向死亡，如今他们仍用那张嘴和手指互传短信共享喜怒哀乐；他们的口舌和手指曾经把一个温馨的家庭逼入绝望的死胡同，如今他们仍用那张嘴谈天论地，教书育人，研究学问，互致问候。

专家怀着悲壮的心情参加了只属于他们的庆典——隧道开通纪

念仪式。当专家到达会场的时候恰好公路公司的领导给建筑公司负责人颁发奖牌。所有的镜头都对准了这个场面。专家挤开记者群站在了领奖台前面。建筑公司的负责人高举奖牌回应台下的众记者。专家忍无可忍一个箭步冲上领奖台大声呵斥道：

“难道这么快就忘了一年前你们都做了些什么吗?!你们还有脸在这里眉开眼笑领取奖牌!”

记者们本能地将镜头转向了专家。又是一个爆料，记者们当然不肯放弃这一难得的机会。事实上记者们并不喜欢这个专家，他们只希望专家再提起一年前的事故责任，以求得更加刺激性的新闻爆料。专家望着台下的众记者说道：

“请你们不要忘了自己的使命。你们手中的笔应该为这个社会的弱势阶层代言，决不能成为仗势欺人、扼杀弱势阶层的杀人工具!”

记者们只是用淡淡的表情望着专家。他们的心里早已没有了罪恶感，良心也消失殆尽。几个保安冲了上来。专家朝公路公司的领导和建筑公司的负责人大声喊道：

“我希望你们扪心自问一下，看看自己心里有没有留存一丝良心！如果留存一丝良心，你们就应该为被害者家属举行悼念会！如果心存一丝良心，你们就应该在这里竖一块因你们而冤死的那些人的慰灵碑，而不是为自己歌功颂德的纪念碑!”

保安扑了过来。专家被他们摁倒在地继而又被拖了出去。他边挣脱边大声喊叫道：

“我不会忘记因你们而离开这个世界的一个家庭的悲哀，我不会忘记因你们而受伤的那些人的伤痛，我不会忘记因你们而痛苦一生的那些人们，更不会忘记被你们当作傀儡利用的那些人们！希望你们也不要忘了他们，也希望所有的人都不要忘掉他们！”

——你们还记得你们所写的恶意评论吗？你们还记得因你们的恶意评论而死去的人吗？也许你们不记得了，可被害者却永远不会忘记。你们认为这是偶然的巧合，可被害者却不这么认为，他们即使在九泉之下也不会饶恕你们的。为自己开脱罪过的人才是应该受到舆论谴责的人。

——包容只是赋予对方的一种行为，如果对自己的罪过自我包容，那么谁都不会答应的。

尾声

还有必要赘述吗？因为我已经在我的作品中提出了我所有的观点。

看完《隧道》，我想肯定会有不少人提出质疑。

也许有人批评小说中舆论突然变成恶意评论的情节不免有些牵强，但我想这正是这部作品的关键所在。

因为这就是现在韩国社会的真面目。

我们往往只注重新闻报道而不注重事实真相，于是凭着自己的主观判断做出本末倒置、是非颠倒的结论。这就是韩国社会的现状。

如果理解了这一点，那么对一夜间改变主意、将心爱的丈夫逼上绝境的妻子的行为也就不觉得牵强了。

制造如此非正常事端的，正是大众的口舌。所谓“人言可畏，众口铄金”。

网络恶评事件也数见不鲜。众人的口舌拥有毁灭性的力量，它可以把一个正常人瞬息间变成精神病患者……

《隧道》的故事并没有完结，准确一点说，是大众和我之间的故事这才开始。

图书在版编目(CIP)数据

隧道/(韩) 苏在沅著;吴荣华译. —上海: 上海译文出版社,2016.10
ISBN 978-7-5327-7318-3

Ⅰ.①隧… Ⅱ.①苏… ②吴… Ⅲ.①长篇小说—韩国—现代 Ⅳ.①I312.645

中国版本图书馆 CIP 数据核字(2016)第 176295 号

本书由韩国文学翻译院资助翻译及出版

韩国文学翻译院
Literature Translation Institute of Korea

图字: 09-2016-018 号

隧道
[韩] 苏在沅 著 吴荣华 译
责任编辑/陈一新 装帧设计/柴昊洲

上海世纪出版股份有限公司
译文出版社出版
网址: www.yiwen.com.cn
上海世纪出版股份有限公司发行中心发行
200001 上海福建中路 193 号 www.ewen.co
上海市印刷二厂有限公司印刷

开本 890×1240 1/32 印张 6.25 插页 2 字数 119,000
2016 年 10 月第 1 版 2016 年 10 月第 1 次印刷
印数: 0,001—6,000 册

ISBN 978-7-5327-7318-3/I.4458
定价: 29.00 元

本书如有质量问题,请与承印厂质量科联系。T: 021-59882178